KB109950

페어플레이

RENT SPEL (FAIR PLAY)
by Tove Jansson
Introduction by Hannah Lutz

페어플레이

토베 얀손

안미란 옮김

민음사

소개하는 말

"……그럼 이제 졸지 않게 커피를 마셔. 처음부터 시작하자. 천천히 읽어. 시간은 많으니까. [……] 뭔가 어울리지 않을 때마다 중단하는 거야. 아이디어가 될 만한 게 보이면 멈추고. 준비됐어? 그럼 읽어 봐."

욘나와 마리는 욘나의 아틀리에에 앉아 있고, 마리는 지금 쓰면서 다듬고 있는 단편 소설에서 다시 한 부분을 읽어 본다. 우리는 여기에서, 이 책의 각 장에서마다 창작을 하고 줄곧 대화를 나누는 두 사람을 만난다.

1989년에 처음 출간된 이 책 뒷면에는 "『페어플레이』는 사실 우정에 관한 소설이라 불러야 한다."라고 쓰여 있다. 하지만 "(장편) 소설"은 이 책의 형식을 제대로 드러내지 못하

고, "우정" 역시 마리와 욘나의 관계를 충분히 표현하지 못한
다. 이것은 어떤 종류의 글인가? 그리고 그들은 어떤 관계인
가? 이를 설명하기 위해서 책 전체를 인용해도 될까? '소개하
는 글'에 주어진 저주는, 이미 형태가 갖추어진 무엇, 명확하
고 훌륭하게 완성되어 빛나는 무엇에 다시 무언가를 추가해
야 한다는 사실이다. 반면, '소개하는 글'의 축복은 명확함과
위대함에 한 발짝 더 다가설 수 있다는 점이다.

마리와 욘나는 항구에서 가까운 셋집에 각자 아틀리에를
가지고 있다. 둘은 각각이면서 함께 이곳에서 추운 계절을 보
낸다. 마리는 소설을 쓰고, 욘나는 판화를 찍는다. 둘은 스테
이크를 구워 먹고 영화를 본다. 비타민을 작은 유리병 두 개
에 나누어 담는다. 단편 소설로 간주할 수도 있는 이 책 속에
서 우리는, 도시의 그들 셋집에서도, 욘나와 마리가 여름 내
내 머무는 연안 군도에서도 즐거운 시간을 보낸다.

우리는 이들이 공유하는 습관들을 접하고, 또 이들이 서
로에 대해 잘 아는 자잘하고 중요한 사실들을 깨닫게 된다.
욘나가 선반을 만들기 시작하면 곧 창작에 돌입한다는 의미
다. 만약 마리가 종이를 찾지 못한다면, 그 종이는 분명 서재
의 탁자 아래에 있을 것이다. 이 책에는 시간의 층위가 여럿
존재하지만, 일상의 한가운데에서 욘나는 "축복이라 할 만한
재능을 지녀서, 매일 아침 새로운 삶을 시작하듯이 잠에서 깨

어날 수 있었다." 언제나 흥미로운 프로젝트가 바로 가까이에서 기다리고, 욘나를 온전히 사로잡을 수 있다. 마리와 욘나의 삶은 이들이 '발상'이라고 부르는 것들로 가득하다. 아이디어, 또는 아이디어가 될 만한 것들, 삶과 예술 창작이 나아갈 수 있는 방향들. 둘은 함께 궁리하고, 이 발상들이 아직 실행되지 않았더라도 거기에 벌써 들뜬다. 어쩌면, 어쩌면 이건 될지도 모르지.

일상, 습관, 내면. 영원히 새로운 것. 그런데 동시에(언제나 동시에다.) 또 다른 시간의 윤곽이 보인다. 모든 그림을 다 다루기에는 충분하지 않지만, 시간은 느릿느릿 도시와 섬을 지나간다. 가게로 향하는 길은 미끄럽다. 새들은 창으로 날아들고, 바다에서는 바람에 일며, 어느 날(언제더라? 작년? 마침내?) 빅토리아호를 안전한 곳까지 끌어오기에는 너무 무겁다. 배는 네 개의 줄로 매여 있다. 바다가 출렁일 때마다 흔들린다. 바람은 언제나 똑같지만, 매번 새로운 걱정이 딸려서 불어온다. "아무도 배를 타지도 내리지도 못하는 날씨더라도, 배를 땅으로 끌어올 수만 있다면 괜찮은 날씨이다." 셋이 누리던 행복은 중단되었고, 더 이상 상처로부터 안전하지 않다.

하지만 행복한 만남은 거기에서 끝나지 않는다. 욘나는 작은 코니카 카메라를 사고, 우리는 욘나와 마리, 카메라를 따라서 넓은 세상으로, 사람들이 가득한 거리로 떠날 수 있다.

"정지된 사진은 이제 지겨워."라고 말하는 욘나는 손에 코니카 카메라를 든 채 "움직임, 변화"를 사로잡고자 한다. "알겠지? 모든 일은 딱 한 번, 지금 일어날 뿐이야." 거리의 예술가들, 마술사들, 춤추는 고래들의 힘, 오르락내리락하는 관람차의 등불. 욘나는 영상을 찍고, 마리는 욘나를 위해서 내내 코닥 필름을 찾아다닌다. "마침 필름이 끊겼을 때 무언가 놀라운 일이 자신들에게 닥칠까 봐, 두 번 다시 되풀이할 수 없는 길거리의 사건이 자기들 눈앞에서 벌어질까 봐 염려하며." 대수족관에서 마리는 끈기 있게 상어를 기다리지만, 정작 상어가 헤엄쳐 지나가고 나서야 결국 상어를 보지 못했음을 깨닫는다. "코니카 생각만 했지! 내가 무엇을 보는지가 아니라, 내내 코니카 생각만 하는 사이에 지나가 버렸어!" 욘나는 카메라를 내민다. "그 상어는 여기, 이 안에 있어! 집에 가면 언제라도 보고 싶은 만큼 볼 수 있어. 음악과 함께 말이야."

한순간 지나가 버린 것을 영원하게 하고 음악까지 더해서 완성할 수 있다. 또 다른 행복한 셋의 만남, 욘나와 마리와 파스빈더, 아니면 욘나와 마리와 채플린도 그렇다. 영화 세계에서 온 귀한 손님들은 "모든 것을 따져 보고 만들어 낸" 완벽한 구성을 가져다주며, 이를 바라보는 이들로 하여금 자기 삶의 느슨함에 대해서 생각하게 한다.

살아 있는 사람과 셋이라면 이보다 더 힘들 때가 많다.

천둥 번개를 무서워하는, 마리의 엄마를 숭배하는 헬가가 섬으로 찾아온다. 아흔둘의 예술가 블라디슬라프는 이 주일간 마리의 집에 머무르고, 밤새 예술에 대해 이야기를 나누고 싶어 한다. 욘나는 학생을 한 명 받는데, 마리에겐 커피만 주겠노라 약속했지만 샐러드와 스테이크까지 요구하며 마리를 도망치게 하고, 어느 날에는 비타민까지 나눠 주기 시작한다. 『여름의 책』에서 소피아와 할머니를 찾아와 두 사람의 친밀한 세계를 위협하는 베레니스처럼, 마리와 욘나의 손님도 이들이 공유하는 무언의 틀을 깨뜨린다. 그러니 둘은 알마의 초대를 받기보다는 파스빈더와 함께 집에 머무르고 싶다. 파스빈더를 전혀 모르는 알마는, 이들이 녹화 도중에 부수적인 광고를 자르려면 집에 있어야 한다는 말을 이해할 수 없다. 다른 사람들과 함께 있으면 "이런 저런 쓸데없는 이야기들"이되어 버리고 "구성도, 주된 아이디어도 없어. 주제도 없고. [……] 하지만 이 비디오의 대사 하나하나에는 의미가 있고, 어느 것 하나 자의적이지 않아."

예술적 완성과 실제 삶의 불완전성에 관한 긴 대화에서 우리는 작가의 창작 배경을 이루는 긴장을 감지한다. 삶을 붙들려고 노력하다 보면, 삶이 우리 손에서 벗어나는 모습을 계속 바라보게 된다. 욘나와 마리는 완성을 갈망하지만, 어느 한 가지 구성에만 제한을 두지 않는다. 이들은 책 속에 들어 있음에도 꾸준히 책장 너머로 공간을 확장한다. 그것이야말로 예술가가 간직하고 영원히 남기고자 하는 움직임이다. 이들에게 생명을 준 것은 이 책이지만, 한편 이들을 가두어 둘 수 없음을 이 책은 잘 알고 있다.

한편 책은 자리를 내주고 빈틈을 만들어 줄 수 있다. 『페어플레이』는 토베 얀손의 삶에서 가장 중요했던 두 가지, 창작과 사랑을 그렸다고 알려져 있다. 물론 이 책은 창작과 사랑으로 가득하다. 하지만 또한 여백으로, 기다림과 거리 둠의 기간으로 충만하다. 이것들은 창작과 사랑에 있어서 덜 드러나지도, 덜 소중하지도 않은 요소들이다. 예술가의 역작에서 보이지 않는 부분 — 저글링을 하는 소녀가 나타날 때까지의 오랜 기다림. 방향을 모색하며 흘려보내는 불확실한 나날. "그림도 보이지 않고 단어도 찾을 수 없는, 그냥 내버려 두어야 하는, 때로는 아주 길어지기도 하는 기간들." 좀처럼 낭만적으로 창작할 수 없는 시기. "자신만의 외로움"의 시간, 멈추어 서서 혼자 빗소리에 귀를 기울일 수 있는, 두 아틀리에 사이에 자리한 다락의 기간이며, 창작과 사랑, 삶에 대해서 이야기하다 보면 너무나 쉽게 놓쳐 버릴 수 있는 기간이다.

그러니 독자들도 그곳, 도시 불빛이 내다보이는 다락에, 그림 이전의 침묵에, 저 아래서 스노모빌의 부르릉거리는 소리가 들려오는 겨울 저녁의 고요 속에 머물렀으면 좋겠다. 이런 때에 토베 얀손은 알아보기 쉽지 않더라도 삶에서 우러나오는 글을 쓰고, 그러면서도 삶을 붙들지 않는다. 독자들의 질문으로 곤란해하는 마리에게 욘나는 "한번 인생의 의미가 무엇인지 죽 적어 봐. 그리고 복사를 해 놓으면 다음번에 또 쓸 수 있지."라고 말한다. 조언을 구하는 독자들에게 마리가 어떻게 대답을 했는지 우리로서는 알 수 없다. 그리고 토베 얀손이 그의 독자들에게 어떻게 대답했는지도 나는 모른다. 하지만 토베 얀손은 우리에게 이 책을 남겼다.

　독자들은 천천히 읽으면 된다. 시간은 많으니까.

한나 루츠

차례

그림 고쳐 걸기

욘나는 축복이라 할 만한 재능을 지녀서, 매일 아침 새로운 삶을 시작하듯이 잠에서 깨어날 수 있었다. 아직 사용하지 않은, 지극히 순수한 새 삶이 저녁까지 펼쳐져 있었다. 전날의 걱정과 실패가 그림자를 드리우는 일은 드물었다.

마찬가지로 놀라운 재능이라고 하는 편이 나을 다른 특징은, 기대하지 않았는데도 저절로 솟아나는 아이디어였다. 다른 아이디어가 새로이 생겨나서 기존의 것을 밀어내고 자리를 차지할 때까지, 한동안 살아 숨 쉬며 실재가 되었다. 액자도 그런 한 가지 예였다. 몇 달 전 욘나는 마리가 벽에 걸어 놓은 다른 미술가들의 작품 몇 점을 액자에 넣어야겠다고 생각했다. 액자는 아주 아름답게 마무리되었지만, 막상 그림들을 걸 수 있게 되자 욘나에게 아주 색다른 아이디어가 떠올랐다. 결국 그림들은 그냥 바닥 여기저기에 내버려졌다. "당분간이야."라고 욘나는 말했다. "그리고 네 소장품은 전부 다시 걸어야 해. 처음부터 모두 다시. 말도 안 되게 관습적이니까."

마리는 기다렸고, 아무 말도 하지 않았다. 마치 이제 막 이사를 와서 이런 사물, 물건 들이 아직 급하지 않다는 듯이, 미완성품들에 둘러싸인 생활도 나쁘지는 않았다.

그리고 여러 해를 함께하면서 마리는 욘나가 가진 기이하게 조합된 완벽주의와 무심함의 기복을 건드리지 않게 되었다. 이건 아무도 제대로 이해할 수 없는 일이다. 세상에는 작은 일이건 큰일이건 마음 내키는 대로 하게끔 내버려 두어야 하는 사람들도 있다. 누가 조금이라도 무엇인가를 환기하면 그 순간 무언가를 하고 싶었던 마음이 사라져 버리고, 그러면 만사를 망친다.

모든 간섭으로부터 차단된 복된 은둔지에서 자신의 일을 하기. 온갖 소재로 장난을 하고 형태를 만들기. 변덕스러워서 어느 순간에 갑자기 들이닥쳤다가 돌연 다른 활동들을 모두 밀쳐 내는 그런 놀이. 갑자기 뭔가 실용적인 일을 하고 싶어서 집 안, 혹은 손재주라고는 전혀 없는 친구의 집에서 고장 난 물건을 수리하기. 뭔가를 쓸모 있게 만들고, 더 예쁘게 다듬거나, 아니면 그냥 내버림으로써 모든 사람의 마음을 편하게 해 주기. 그저 밤낮으로 글만 읽는 기간, 만사를 잊고 음악만 듣는 기간 ― 욘나에게 닥치는 몇 가지 기간들의 예를 들자면 이렇다. 그리고 이런 기간들의 경계에는 심한 불안과 짜증의 며칠, 새로운 방향을 모색하는 불확실한 나날이 있었다. 언제나 마찬가지였고, 다를 수가 없었다. 이런 허전한 날들이면, 제안이나 조언으로 간섭하는 일이란 도무지 상상할 수 없었다.

어느 날 마리는 이렇게 말했다. "너는 마음 내키는 일만 하는구나."

"물론이지." 욘나가 대답했다. "물론 그러지." 그러면서 마리를 보고 웃었다. 약간은 당황해서.

11월의 어느 날, 마리의 아틀리에에서 모든 그림을 고쳐 걸고, 새롭게 만들고, 이것들에게 아주 새로운 의미를 부여할 때가 찾아왔다. 판화, 회화, 사진, 아이들의 그림, 아끼는 마음으로 걸어 놓았지만 시간이 흐르면서 추억과 의미를 잃어버린 자잘한 것들 모두. 마리는 망치와 못과 고리, 철사, 수평계와 다른 연장들을 전부 챙겼다. 욘나는 줄자만 꺼내 왔다.

욘나는 말했다. "영광의 벽부터 시작하자. 물론 그 벽은 앞으로도 정확하게 대칭이어야 해. 그런데 외할아버지하고 외할머니 사이의 거리가 너무 멀어. 그리고 외할아버지 자리는 연통에서 물이 떨어질 수 있고. 마리 어머니의 담채화는 거기 있으면 눈에 안 띄니까 좀 더 높이 걸어야 해. 장식 거울은 정말 바보 같아. 여기 안 어울려. 여기는 단순하게 둬야지. 도검은 좀 과한 것 같지만 괜찮아. 받아서 재 봐. 7이나 6.5일 거야. 송곳 좀 줘 봐."

마리는 욘나에게 송곳을 건넸고, 벽이 다시 균형을 되찾으며 더 이상 관습적이지 않게, 거의 도전적으로 변해 가는 모습을 바라보았다.

욘나는 말했다. "이제는 너도 관심 없는 이 자질구레한 것들도 치우자. 벽을 비우는 거야. 여기저기 자질구레한 장식 없이 전시 공간을 만드는 거지. 저 물건들은 네 보물함에 넣거나 어린이 도서관에 보내든가 해."

마리는 언짢아해야 할지, 속 시원해야 할지 급히 생각해 보았지만 아무런 결정도, 대답도 하지 않았다.

욘나는 거듭 액자들을 걸었다가 떼었다가를 반복했고, 망치질로 새로운 시대를 열었다. 욘나가 말했다. "내버리기는 쉽지 않지. 나도 알아. 하지만 너는 단어를, 한 페이지 전부를, 길지만 말도 안 되는 이야기들을 다 삭제해야 해. 그러고 나면 속이 시원하지. 그림, 어떤 그림이 벽에 걸릴 권리를 박탈하는 것도 마찬가지야. 이 그림들은 대부분 너무 오래 그 자리에 걸려 있어서 눈에 띄지도 않지. 가장 좋은 것들을 가지고 있으면서도 더 이상 못 보는 거야. 그리고 그림들은 잘못 걸려 있으면 서로를 죽인다고. 봐. 여기 내 그림이 걸려 있고 저기에는 마리의 그림이 걸려 있는데, 서로 방해가 돼. 거리가 있어야 해. 꼭 필요하지. 그래서 서로 다른 시기의 것들 사이에 거리를 두어서 구분해야 해. 충격을 주려고 그냥 한꺼번에 다 모아 놓는 게 아니라면 말이지! 스스로 느껴야 해⋯⋯. 사람의 눈길이 그림으로 덮인 벽을 스칠 때는, 놀라움 같은 무언가가 있어야 해. 너무 쉽게 만들면 안 되지. 숨을 들이쉬고 다시 바라볼 수밖에 없게 해야 하고, 생각을 고쳐먹게 해야 하고, 심지어는 화나게까지 해야 해⋯⋯. 자, 이제 동료들에게 더 나은 조명을 마련해 주자. 여기는 왜 이렇게 빈 공간을 많이 두었어?"

"모르겠어." 마리가 말했다. 하지만 그녀는 알았다. 갑자기 확실하게 이해가 되었다. 마리는 마음속 깊은 곳에서 누가 봐도 훌륭한 이 작품들을 만든 동료 미술가들을 좋아하지 않았던 것이다. 마리는 주의 깊게 바라보았다. 욘나가 그림을 바꾸어 거는 모습을 바라보니, 많은 것들, 심지어 이들이 함께 사는 삶까지도 적절한 평가를 받고 제자리를 찾아가는 것 같았다. 여기는 거리를 두고 저기는 마땅히 서로 모아 놓으니 알아서 정리가 되었다. 방은 완전히 달라졌다.

욘나가 줄자를 다시 집으로 가지고 간 다음, 마리는 세상에서 가장 단순한 일들을 이해하는 일이 얼마나 쉬운가를 저녁 내내 생각했다.

비디오 중독

그들은 항구 근처 셋집의 양쪽 끝에 살았고, 둘의 아틀리에 사이에는 다락이 있었다. 다락은 양 끝에 잠긴 나무 문이 있는 높은 복도였는데, 개인적 공간이라고는 없는 무인 지대였다. 마리는 다락을 걸어 다니길 좋아했다. 복도는 두 사람의 영역 가운데에 꼭 필요한 빈틈을 만들어 주었다. 마리는 걷다가 멈추어 서서 양철 지붕에 내리는 빗소리를 들을 수 있었고, 불이 들어온 도시를 바라보거나 아니면 그냥 조용한 곳을 찾아서 거기 머무를 수도 있었다.

둘은 서로 "오늘은 일이 잘돼?"라고 묻는 일이 없었다. 20, 30년 전에는 물었는지도 모르지만, 점점 묻지 않게 되었다. 존중되어야 하는 공백이 있다. ─그림도 보이지 않고 단어도 찾을 수 없는, 그냥 내버려 두어야 하는, 때로는 아주 길어지기도 하는 기간들.

마리가 들어왔을 때, 욘나는 선반을 만드느라 현관에 사다리를 디디고 서 있었다. 마리는, 욘나가 현관에 새로이 선반을 만들면 창작 기간이 시작되고 있음을 알았다. 물론 현관이 꽉 차고 좁아지겠지만, 중요하지 않았다. 저번에는 선반을 침실에 만들었고, 아주 훌륭한 목판화 여럿이 완성되었다. 마리는 지나가며 욕실을 들여다보았지만, 욘나는 판화에 필요한 종이를 적시지 않은 채였다, 아직은. 욘나는 마음 편히 판화 작업을 하기 전에 언제나 먼저 과거의 잊힌 작품들, 새로운 착상을 작품으로 만들고자 일단 치워 두었던 작품들을 찍는 데 시간을 할애했다. 창조적 은총의 시기는 짧을 수도 있고, 예고 없이 갑작스레 사라지거나 다른 일로 방해를 받아서 밀려날 수도 있었다. 어떤 관찰, 통찰을 잡아 두려는 여린 충동을 무언가, 혹은 누군가가 영영 쫓아 버릴 수도 있었다.

마리는 현관으로 다시 돌아가서, 우유와 키친타월, 스테이크 두 덩이와 손톱 닦는 솔을 사 왔으며 지금 비가 온다고 이야기했다.

"잘했네." 욘나가 말했다. 귀 기울여 듣지는 않았다. "저쪽 끝 좀 잠깐 잡아 줄래? ── 고마워! 새 비디오 선반을 만들 거야. 오늘 저녁에 파스빈더의 영화가 나온다고 말했던가? 어떻게 생각해? 문까지 닿게 만들어야 할까?"

"그렇게 해. 영화는 언제야?"

"9시 반."

8시 무렵, 둘은 알마의 초대가 기억났다. 욘나는 알마에게 전화를 걸고 말했다. "이제야 전화해서 미안해. 하지만 알지, 파스빈더 영화가 오늘 저녁에 나와. 이번이 마지막이고. 뭐라고? 아니, 그건 안 돼. 광고를 빼려면 집에 있어야 해. 응, 정말 미안해. 광고는 정말 싫거든. 영화를 다 망쳐. 다들, 안부전해 줘. 나중에 봐……. 응, 그렇게. 잘 있어. 안녕."

"알마가 삐졌어?" 마리가 물었다.

"뭐, 그냥. 파스빈더를 전혀 모르는 것 같아."

"전화선을 뽑아 놓아야 할까?"

"네 맘이지. 전화는 아무도 걸지 않을 거야. 다들 아니까. 전화가 온다고 꼭 받을 필요도 없고."

봄 저녁은 오래 환했고, 방을 어둡게 하기는 쉽지 않았다. 둘은 각각 의자에 앉아서 파스빈더의 영화를 기다렸다. 이들의 침묵은 존경심을 담은 기다림이었다. 트뤼포, 베리만, 비스콘티, 르누아르, 와일더 그리고 다른 귀한 손님들과의 만남을 기다릴 때도 마찬가지였다. 모두 욘나가 엄선하고 영예의 관을 씌운 영화들, 욘나가 벗에게 내놓을 수 있는 최상의 선물이었다. 비디오를 보는 저녁 시간은 욘나와 마리의 삶에서 점차 아주 중요해졌다. 영화가 끝나면 둘은 상세하고 진지하게 토론했다. 욘나는 미리 글씨와 그림으로 장식해 둔 케이스에 비디오테이프를 넣었다. 평생 수집해 온 영화 자료의 복사본이었다. 이들은 비디오만을 위한 선반에 각각의 자리를 마련해 주었다. 부드러운 색깔과 금빛을 띠는, 서로 잘 어울리는 아름다운 케이스에는 작은 국기가 표시되어 있어서 어느 나라의 영화인지 알아볼 수 있었다. 욘나와 마리에게, 가지고 있는 영화를 다시 볼 시간은 거의 없었다. 신경을 써야 하는 새로운 영화가 끝도 없이 넘쳐 났으니까. 집 안의 선반들은 벌써 가득 찬지 오래고, 새 선반은 절실히 필요했다.

욘나는 특별히 흑백 무성 영화, 그중에서도 찰리 채플린의 작품에 마음이 끌렸다. 욘나는 참을성 있게 마리에게 고전을 소개했고, 유학 시절과 영화 클럽에서의 시간, 이 영화들을 때때로 하루에 몇 편씩 보았을 때 얼마나 황홀해하는지를 들려주었다.

"난 영화에 미쳐 있었지. 행복했어. 그리고 지금 그 영화들, 서툰 듯한 표현력과 당시로서는 최신이었던 어설픈 기술을 다시 보면, 젊었던 시절로 돌아가는 것 같아."

"넌 젊지 않았을 때가 없었잖아." 마리가 순진하게 말했다.

"무슨 소리! 이 옛날 영화들은 진짜야. 이걸 만든 사람들은, 가능성이 제한되어 있었음에도 모든 걸 바쳤지. 희망차고 젊고 용감한 영화들이야."

욘나는 '영웅 영화'라고 부르는 것들도 수집했다. 서부 영화, 로빈 후드 영화, 도저히 통제할 수 없는 해적 영화, 그 밖에도 정의와 용기와 기사도에 관한 이야기들. 이 비디오들은 오늘날의 다채로운 천재들과 나란히 자리를 지키고 있었다. 파랑 케이스 속에서.

욘나와 마리는 어둑하게 만든 방에서 각자 의자에 앉아 파스빈더를 기다렸다.

마리가 말했다. "잠들기 전에 말이야, 온갖 걱정거리들보다 네가 보여 준 영화에 대해서 더 많이 생각해. 앞으로 해야 하는 일들과 전에 내가 저지른 바보짓들보다 더 많이 말이야……. 마치 네 영화들이 책임감으로부터 나를 자유롭게 해 주는, 그런 느낌이야. 물론 나는 나지. 하지만 그래도 내 책임이 아닌 것 같다는 거야."

"잠이 잘 오겠네." 욘나가 대답했다. "그렇게 한 번씩, 20분 동안 마음이 편해서 나쁠 건 없어. 10분도 괜찮고. 가서 틀어 볼래?"

작고 빨간 불빛이 다시 켜졌다. 파스빈더는 자신의 엄선되고 통제된 폭력과 함께 이들 앞에 나타났다. 영화는 아주 늦게야 끝났다. 욘나는 등불을 밝혔고, 테이프를 케이스에 넣은 뒤 '파스빈더'라고 이름 붙인 선반에 다시 꽂으면서 말했다.

"마리, 우리가 사람들을 만나지 않아서 섭섭해?"

"아니, 이제는 괜찮아."

"다행이네. 우리가 다시 사람들을 만나면, 어떨까? 보통 때처럼, 아주 보통 때처럼 이런저런 쓸데없는 이야기들을 하겠지. 제대로 된 구성도, 마땅한 아이디어도 없어. 주제도 없고 말이야. 내 말이 맞지? 대략 무슨 말들을 할지 알잖아. 그 사람들을 잘 아니까. 하지만 이 비디오 대사 하나하나에는 의미가 있고, 어느 것 하나 자의적이지 않아. 모든 것을 따져 보고 만들어 낸 작품이지."

"그렇긴 해." 마리가 말했다. "하지만 우리 중 누군가가 뜻밖에 안 어울리는 말을 할 수도 있어. 아주 기대 밖이라서 주의를 기울이게 되지. 비이성적인 거 말이야."

"응, 알아. 하지만 위대한 영화감독이라고 비이성적인 것을 모르지는 않아. 너는 '안 어울리는 말'이라고 했는데, 감독도 그걸 이용하지. 목적을 가지고 말이야. 그 또한 전체에서 꼭 필요한 한 부분이야. 알겠어? 자의적으로 보이지만 다 의도가 있는 거지. 감독은 다 알고 하는 일이야."

"하지만 감독에겐 시간이 있지." 마리가 맞받았다. "우리에겐 늘 생각할 시간이 있지 않잖아. 우리는 그냥 살 뿐이야.

물론 네가 자의적이라고 하는 걸 영화감독도 재현할 수 있지만, 그래도 그건 저장된 통조림이나 마찬가지고, 우리는 다만 순간을 살아. 어쩌면 내가 생각을 충분히 해 보지 않았는지도 모르지만……. 욘나, 네 영화들은 훌륭해, 완벽하지. 하지만 거기 푹 빠지면 좀 위험할 수 있지 않을까?"

"위험하다니, 무슨 뜻이야?"

"그런 삶이 무언가를 축소시킬 수도 있지 않을까?"

"아니, 그렇지 않아. 최고의 영화는 무엇도 축소시키지 않아. 무엇도 가두어 버리지 않고 오히려 참신한 발상, 색다른 통찰을 가능하게 해 주지. 이전의 습관대로 살고, 말을 하고, 시간과 에너지와 열정을 무심코 흘려보내는 우리의 느슨한 태도를 다시 조여 주고. 진짜로, 영화에서는 배울 게 정말 많아. 그리고 현실을 있는 그대로 보여 준다고."

마리는 웃었다. "우리의 느슨함이라고? 좀 더 지적이고 장식적으로 느슨하게 지내는 방법을 우리가 배울 수 있다고 생각하는 거야, 뭐야?"

"헛소리하지 마. 잘 알면서……."

마리는 말을 잘랐다. "비디오가 아무리 교육적인 신이라고 하더라도, 그런 신을 따라 살려고 하면서 스스로 늘 부족하다고 느끼는 건 위험하지 않을까? 우리가 뭘 해도 실제 삶의 구성이 불완전하다고 생각하는 건……."

마침 전화가 울려서 욘나는 받으러 갔다. 건너편 얘기를 한참 듣더니 욘나가 말했다. "잠깐만, 전화번호를 줄게. 흥분하지 말고 잠깐만." 마리는 욘나가 대화를 마무리하는 소리를 들었다. "무슨 일 생기면 다시 전화해. 안녕."

　"무슨 일이야?" 마리가 물었다.

　"또 알마야. 고양이가 창밖으로 떨어졌대. 비둘기를 잡으려고 하다가."

　"말도 안 돼! 그 집 고양이라면 모세 이야기 아니야! 그렇게 짧게 통화를 끝내다니……."

　"수의사 전화번호를 줬어." 욘나가 말했다. "사고에 대해서는 명료하고 현실적으로 대응해야지. 가만…… 뭔가 잘못된 구성에 대해서 이야기하려던 참 아니었나?"

　"지금은 안 해!" 마리가 성급하게 외쳤다. "그 집 모세 일이잖아……. 욘나, 나는 자러 갈래."

　"아니야." 욘나가 말했다. "기다려야 해. 알마가 다시 전화를 하고 위로를 찾을지도 모르잖아. 그때는 네가 전화를 받고, 한참 동안 상대해 줄 수 있지. 너하고 나하고 공평하게 나누는 거야, 알지?" 욘나는 먼지와 아침 햇살로부터 텔레비전 화면을 보호하고자 은빛 장막을 치고는, 그날의 마지막 담배에 불을 붙였다.

사냥꾼

섬들은 환초처럼 둥글게 흩어져 있었다. 화강암 암초가 얕은 석호를 둘러쌌고, 바깥 바다로는 좁은 틈새만 열려 있었다. 썰물 때면 석호는 갇힌 호수가 되었고, 바다표범들은 총에 맞거나 더 평화로운 곳으로 떠나는 순간까지 그곳에서 놀았다. 이제 이곳은 솜털오리들이 아이들을 키우는 방이 되었다. 호수 한쪽에는 오두막이 있었고, 다른 한편에는 바닷새들의 서식지가 있었다. 새똥은 암초에 눈처럼 희끗희끗한 얼룩을 남겼고, 알을 품은 갈매기와 제비갈매기 들도, 돌 틈마다 반짝거리는 데이지 군락도 눈처럼 희었다. 암초 꼭대기에는 큰검은등갈매기가 자리를 잡았다. 맹금 같은 부리에, 깃털이 검은 거대한 새였다. 이들은 뚝 떨어진 자리에 집을 짓고 살아서, 그 사실 자체만으로도 우월감과 경멸을 드러내 보이는 듯했다. 때때로 이 새들은 마치 잠시 곁길로 빠진 듯 암초 꼭대기에서 내려와 솜털오리 새끼를 먹어 치웠다. 수백 마리의 오리들이 소리를 지르며 구름처럼 하늘로 날아올랐다가 큰검은등갈매기를 향해 급강하했지만, 너무 가까이까지는 가지 않았다. 섬의 왕은 이들을 쓱 낚아채서 자기 둥지로 돌아가서는, 환초 가장 높은 곳에 흔들림 없이 우아하게, 무슨 동상처럼 섰다.

욘나는 솜털오리 새끼들을 좋아했고, 심지어 그중 한 마리는 길을 벗어나서 욘나를 따라 오두막까지 올라오려고 했다. 결국 욘나는 새끼를 바구니에 담은 채 한 시간 동안 노를 저어서, 가족처럼 보이는 솜털오리들을 찾아 주었다. 큰검은등갈매기의 서식지에서는 충분히 떨어져 있었다. 욘나가 말했다. "언젠가는 저 큰검은등갈매기들을 잡아 죽일 거야. 저 멍청이 같은 새들 때문에 도무지 마음 놓고 일할 수가 없잖아."

어느 날 아침, 바깥 언덕에서 권총에 기름칠을 하던 욘나는 가만히 있는 큰검은등갈매기의 윤곽을 보고, 별다른 생각 없이, 석호를 가로질러 총을 발사했다. 새를 놀라게 하려는 생각이었는지 맞히려 했는지는 분명하지 않지만, 좌우간 새는 푹 쓰러지더니 암초 꼭대기에서 푸드덕거리며 미끄러져

떨어졌다. 마리는 아무것도 보지 못했지만, 욘나가 이런저런 깡통을 목표로 총을 쏘는 일에는 익숙했다. 욘나는 새를 치우러 갔다. 전혀 유쾌하지 않았지만, 다른 한편으로는 정확하게 맞혔음이 자랑스러웠다. 석호를 가로질렀으니, 거리가 족히 100미터는 되었으리라. 하지만 새는 아무 데도 없었다.

이틀 후, 마리가 언덕을 뛰어 올라오며 외쳤다. "욘나! 그 새는 날지도 못하고 걷지도 못 해. 갈매기 새끼들은 어찌할 줄 모르고."

둘이 밖으로 나갔을 때, 바닷가에는 이미 아무것도 없었다. 하지만 결국 어느 어두운 아침, 마리가 죽은 갈매기를 암초 위에서 찾고야 말았고, 시체는 벌레로 가득했다.

"늘 마찬가지네." 욘나가 말했다. "결국 찾아내는 건 너잖아. 응, 그래. 실수였다고 생각해. 내가 쐈어." 그리고 덧붙였다. "100미터 거리에서."

"내가 왜 몰랐을까." 마리가 말했다. "내가 알아챘어야 했는데. 왕을 죽인 건 너였구나. 무시무시한 새였기는 했어도 섬의 일부고 우리에게 속했는데! 너는 사격을 좋아하고 그만두지를 못하는구나. 이제 네가 깃털을 뽑아. 가져, 가져가. 그 소중한 에칭 판화를 할 때 필요한 거 아냐?"

"그런 의도는 아니었······." 욘나는 말을 시작했지만 마리가 도중에 가로막았고, 갈매기 새끼들도 이제 해안으로 밀려오리라고 무자비하게 쏘아붙이고는, 늪지로 내려가서 농어의 배를 가름으로써 언짢음을 표현했다. 원래는 지극히 혐오하며 욘나에게 맡겼던 일이었다.

욘나는 긴 깃털을 뽑고 씻은 다음 말려서는 도구 상자에 가지런히 담았다. 그러고는 불가피한 비난을 하루 종일 기다렸지만, 마리는 그물을 쳐 놓고 나서야 사냥꾼이란 무엇인지, 이야기를 시작했다. 어디선가 읽었는데, 인간은 사냥꾼, 정원사, 어부로 나눌 수 있다고 한다. "사냥꾼형 인간은 당연히 가장 경탄의 대상이고, 대담하며 약간은 위험한 사람들로 여겨지지. 알겠어? 과감한 사람들, 무정할 수도 있고 남들이 못 하는 일을 시도하는 사람들이야. 내 말 맞지?"

욘나는 계속 그물 핀을 다듬으며 천천히 말을 꺼냈다. 온갖 종류의 사람들이 있겠지만 대부분 이 세 가지 유형들이 섞여 있을 거라고. 아니면 마흔다섯 가지든 뭐든 다 섞여 있거나.

"그래, 그래. 하지만 전형적인 사냥꾼이라고 할 수 있는 경우가 있지. 태어날 때부터 그런 사람들 말이야."

"갈매기 얘기가 나왔으니 말인데." 욘나가 말했다. "날개가 부러져서 날마다 계단을 기어 올라오던 갈매기 기억나? 내 생각에, 먹을 힘도 없던 그 갈매기에게 음식을 주며 다독이던 네 모습을 보면 너는 정원사인 것 같아. 그런데 어떻게 됐지? 네가 다른 데 간 사이에 내가 그놈 머리에 그물을 던졌고, 망치로 마무리를 했지. 그것도 벌레로 가득했을 거야. 완전히 망가진 건 고칠 수 없다고. 그리고 너도 결국 마음이 가벼워졌잖아. 내가 대단하다고 했잖아. 네가 그랬다고."

마리도 인정했다. "음. 그렇긴 하지만 그건 다른 이야기지. 그렇게 억지로 예를 찾아서 말하면……."

"건강한 냉정함이 답일 때가 있어." 욘나가 듣지도 않은 채 말했다. "언제였지? 바보들이 한심한 플라스틱 배를 타고 왔을 때. 심지어 보라색이었지. 사냥철도 아니었는데 우리 새들을 쏘려고 했잖아. 술에 취하기까지 했지만 그건 핑계가 안 돼. 기억나?"

"기억나지."

"그거 봐. 내가 그때 바닷가로 내려가서 한 소리 해 줬잖아. 아무 효과도 없었어. 날 비웃더니 엽총을 들고 섬을 돌아다녔지."

"끔찍했어." 마리가 인정했다.

"그랬지. 그때 내가 할 수 있는 정당하고 옳은 행동은 그 사람들 배에 총구멍을 내 주는 것뿐이라고 생각했어. 그럼 뭔가 깨달았겠지. 안 그래? 물에 닿는 흘수선*에 맞추어 구멍 몇

* 　배가 물 위에 떠 있을 때 수면에 접하는 경계선.

개. 꽝꽝!"

"그럼 그 사람들은 어떻게 돌아갔어?" 마리가 외쳤다.

"물을 퍼냈겠지. 걸레가 있었는지도 모르고."

욘나와 마리는 한동안 말이 없었다.

"이상한 일이네. 작년이라고 했어?" 마리가 말했다.

"응. 아니면 재작년이었는지도 모르고. 그리고 배는 보라색이었어. 연보라색."

"그런데 그 배에 확실하게 구멍을 냈어, 아니면 그러려고 생각만 했어?"

욘나는 일어서서 저녁상에 차렸던 접시들을 치우더니 침대 아래의 통에 담았다. 그러고는 잠시 후에 말했다. "생각만 했는지도 몰라. 하지만 이 사건의 의미만큼은 분명하지 않아? 언젠가는 공격자가 필요하다는 사실을 너도 이해해야지. 아무도 용기 내지 못할 때는 공격하는 사람이 필요하다고. 소중한 무언가를 보호하기 위해서⋯⋯."

"하하!" 마리가 외쳤다. "너는 온갖 다른 방향으로 주제를 벗어나게 하는 데 정말 재주가 있어! 이랬건 저랬건 사격이 재미있다고 생각하잖아! 지난 하지에는 천막 사우나 굴뚝에 온통 구멍을 뚫어 놓아서 그때부터 온통 연기투성이야. 그렇다고 내가 한마디라도 한 적 있어? 없지. 난 정말 너한테 저 권총이 지긋지긋하다고 말하고 싶어!"

마리는 버릴 물을 들고 밖으로 나갔다.

잠시 후 마리가 돌아왔다.

"욘나, 사람들이 돌아왔어. 보라색 플라스틱 배를 탄 사람들 말이야. 가서 얘기 좀 해 볼래?"

"겁들도 없네." 욘나가 말했다. "하지만 뭐 사과하러 왔는지도 모르지. 물을 가지고 왔는지도 몰라. 아니면 목재라도. 가만, 내가 가서 볼게."

욘나가 바닷가 들판을 반쯤 가로질러 갔을 때, 마리도 따라서 뛰어왔다. "이거 가지고 가." 마리가 말했다. "혹시 모르잖아." 그러고는 권총을 내밀었다.

메기 낚시

여름이 6월로 접어들었다. 욘나는 연신 이 창문에서 저 창문으로 천천히 돌아다녔고, 아무래도 마리는 모르리라고 생각했다. 기압계를 두드리고, 언덕을 내려가 곶으로 나가고, 다시 돌아와서는 제대로 풀리지 않은 이런저런 일들에 대해 이야기했다. 저주스러울 정도로 소리를 지르며 교미를 하는 갈매기들에 대해 투덜거리고, 자신들을 세상의 전부라고 여기는 아마추어들이 출연하는 아주 멍청한 프로그램을 내보내는 지역 방송에 대해서 의견을 펼쳤다. 날씨는 내내 더할 나위 없이 좋았다.

마리는 아무 말도 하지 않았다. 무슨 말을 하겠는가.

마침내 욘나가 무언가를 시작했다. 욘나는 일을 잊게 하는, 일의 막중함을 막아 내는 거대하고 범접할 수 없는 장벽을 쌓았다. 잘 다듬어진 작은 연장들을 가지고 나무로 작은 물건들을 만들어 냈다. 점점 더 작고 점점 더 아름답게. 서쪽 섬들을 찾아가 숲에서 노간주나무를 찾았고, 바닷가를 돌아다니며 물에 떠내려온 특이한 나무, 영감을 줄 만한 독특한 모양의 나무를 모아서는, 작업대 위에 좌우 대칭이 되도록 쌓아 놓았다. 작은 것, 큰 것, 바다에서 닳고 닳은 나무토막들 모두가 저마다 욘나로 하여금 그림을 그리지 못하거나 하는 이유를 하나씩 품고 있었다.

어느 날 욘나는 암초에 앉아서 타원형의 나무 상자를 열심히 닦고 있었다. 아프리카산 나무이지만 이름은 잊었다고 말하며.

"뚜껑도 만들거야?" 마리가 물었다.

"당연하지."

"넌 늘 나무로 작업했어? 내 말은, 목각이나 목판화 말고 진지하게."

욘나는 상자를 내려놓고 곧이어 말했다. "진지하게라니, 말 잘했네. 내가 그냥 놀고 있다는 걸 좀 이해해 봐. 그리고 난 앞으로도 계속 놀 계획이야. 뭐 반대할 이유 있어?"

고양이가 들어와서는 두 사람 앞에 앉더니 그들을 뚫어지게 바라보았다.

"물고기." 마리가 말했다. "그물을 걷어야지."

"내가 아무것도 안 하고 놀기만 하면 어떨까? 죽을 때까지 말이야! 어떻게 생각해?"

고양이가 아주 성을 내며 야옹거렸다.

"그러면 야망은? 야망은 어쩔 거야?" 마리가 말했다.

"어쩌긴. 그냥 두지."

"그럴 수 없으면?"

"난 그럴 수 있어. 모르겠어? 시간이 더 없다고. 그저 절망할 때까지 주의하고 관찰하고, 또 그걸 그림으로 그려 내고 수정할 때까지는 세상 누구든 티끌만큼도 관심 없는 작업들. 이건 평생, 한 사람의 전 생애가 걸리는 일이고, 난 할 만큼 했어. 어쨌든 그림들이 더 이상 보이지 않아. 내 말이 맞지 않아?"

"그래. 맞아." 마리가 말했다.

하늘엔 구름이 끼었고, 공기는 비를 품었다. 고양이가 다시 울었다.

"물고기는." 마리가 말했다. "고양이 밥이 없어."

"내일까지는 그냥 두어도 되겠지, 뭐."

"안 돼. 바람이 더 거세지면 어떡해? 그물이 물풀로 가득 차고, 바다 밑바닥에 걸릴 거야. 너도 알겠지만 그건 토르스텐 외삼촌의 마지막 그물이라고."

"그래, 그래." 욘나가 말했다. "너희 토르스텐 삼촌이 아흔에 만드신 훌륭한 그물."

"아흔 넘으셨었어. 우리가 그물을 잘못 쳤어. 너무 뭍에 가까운 곳에 쳤지. 거기는 온통 바위투성이인데."

고양이는 둘을 따라서 바닷가로 내려왔다. 욘나는 노를 저었고, 마리는 그물을 걷고자 고물(배의 뒷부분)에 앉았다. 낚시찌는 곳까지 떠밀려 나갔다. 바람이 다시 불기 시작했다.

"꿈쩍도 안 하네." 욘나가 말했다. "안 보여? 우린 제자리에 있는 거야. 너희 외삼촌의 그 훌륭하신 그물과……."

"그만해. 이건 삼촌의 마지막 그물이라고. 좀 더 바깥쪽으로. 아니야, 아니. 돌려! 후진하지 마! 후진……. 잡았다." 마리는 줄을 붙들고 그물의 핀을 잡았다. "내 말대로지. 바닥에 걸려 버렸어. 바람을 거슬러 올라가……. 뒤로 돌고! 멈춰! 다시 후진! 방법이 없네. 이게 삼촌의 마지막 그물이었는데."

"그래, 그래." 욘나가 말했다. "알았어. 됐어. 안 올라오겠네. 안 되면 그만이지. 난 이제 돌아서 후진할게. 후진한다! 어쩔 거야?"

마리는 양손으로 그물을 붙잡았고, 그물이 조각나고 바다 밑바닥의 돌 사이에서 끊어지고 있음을 느낄 수 있었다. 이미 끌어 올린 그물마저 핀에서 빠져나가고 배 바닥으로 흘러내렸다. 욘나가 외쳤다. "놓아! 놓아 버리라고!" 그렇게 그물은 뱃전에서 전부 미끄러졌고, 결국 그물의 핀만 삐죽 서더니 사라져 버렸다. 욘나는 바람을 거슬러 배를 저었고, 이물(배의 앞부분)로 암초를 들이받았다. 이물에 앉아 있던 고양이가 울었다. 둘은 배를 정박시키지 않은 채, 그냥 위에 앉아 있었다. 남쪽 바다는 검어졌고, 바람이 아주 세게 불었다.

　"그럼 어떡해? 이제 어떻게 하지?" 욘나가 말했다. "그물 때문에 섭섭해하지 마. 조각나서 고칠 수 없는 물건들 때문에 섭섭해하지도 말고. 너희 삼촌은 그물 엮는 일을 좋아하셨고, 그걸 잘하셨을 뿐이야. 편안하고 익숙한 일이었고, 그 일이 다른 모든 것들, 다른 사람들을 잊히게 했으리라고 생각해. 네가 말했던 그 창고에 들어가시면……. 물고기 생각은 안 하셨을 거야, 조금도. 그물을 선물받을 네 생각을 하시지도 않았을 테고. 거기서는 아무 방해도 안 받고 그분의 일, 그분만의 일을 할 수 있으셨던 거지. 내 말이 맞지? 그분도 야망에는 더 이상 마음을 쓰지 않으셨어."

　"야망은 무슨." 마리가 말했다. "나는 지금 욕구를 이야기하고 있는 거야. 어쩔 수 없는 욕구."

　"뭘 어쩔 수 없다고?"

　"알면서."

　"그럼 그다음에는? 이 그림들. 이것들도 다 물에 쏠려 가. 다른 수백만 점의 그림들에 섞이고, 쏠려 가서 사라지지. 그

대부분은 아무짝에도 쓸모없고 가식적인 것들이야." 욘나는 다소 차분해진 채로 말했다. "다른 사람들 말이야. 대부분의 사람들."

폭풍이 가까워졌다. 웅장하고 낯선 광경이 바다를 가로질렀다. 이토록 엄청난 장관은 이전에도 본 적 없었고, 앞으로도 다시 없을 것이다. 여기저기 쏟아지는 소나기가 희미하게 커튼을 드리웠고, 그 사이로 하늘이 얼굴을 비췄다. 하늘은 그 자체로 고운 휘장이었다. 빛은 마치 지하에서처럼 노르스름해졌고, 얕은 물은 청록색으로 변했다. 모두 다 잿빛 비가 되기 직전이었다.

욘나는 "배를 부탁해!"라고 외치더니 섬으로 뛰어내렸다. 그리고는 오두막으로 달려갔다.

마리는 빅토리아호를 뭍에 묶었다. 배를 고정시키는 밧줄 두 개는 북쪽에, 나머지 둘은 남쪽에. 언덕에 올라가서 보니 비의 장막은 더 가까워졌지만 느릿느릿했다. 욘나에게는 아직 결정적인 첫 스케치를 할 시간이 충분했다.

6월의 어느 날

    20세기로 넘어가던 무렵, 마리의 엄마는 스웨덴에서 걸 스카우트 운동을 시작하는 데 일조하셨다. 당연히 소녀들은 그분을 존경했지만, 특히 절대적이고 온전한 숭배를 바친 인물은 헬가라는 이름의 키 작은 스카우트 대원이었다. 헬가는 꿀 먹은 듯 말이 없었고, 무척이나 겁이 많았다. 마리의 엄마는 헬가가 결코 훌륭한 스카우트 대원이 되지 못하리라는 점을 분명히 알았고, 그래서 이 아이가 더 겁먹지 않도록 온갖 고생으로부터 보호하고자 몰래 애썼다.

    헬가는 무엇보다 뇌우를 무서워했다. 뇌우가 점점 다가오면 마리의 엄마는 이 가엾은 아이를 찾아서, 갑작스러운 기온 변화, 전기, 상승 혹은 하강 기류 등 자신이 찾아낼 수 있는 온갖 설명으로 달래 주었다. 헬가가 과연 알아들었는지 알 수 없었지만 마음은 좀 가라앉힐 수 있었다.

헬가에겐 사진기가 있었고, 사랑하는 스카우트 선생님이 무엇을 하든 따라다니며 사진을 찍었다. 사진을 앨범에 붙였고 아무에게도 보여 주지 않았다. 자신만의 비밀 보물, 위험한 세계를 막아 내는 바리케이드였으니까. 첫 페이지에는 셀로판지 속에 약간의 머리카락을 땋아서 넣어 놓았다. 어마어마하게 계획을 짜고 고민한 끝에, 스카우트 선생님의 거대한 머리채 맨 끝부분을 살짝 잘라 낸 것이었다.

놀랍게도 헬가는 스카우트 시절 이후로 자신의 우상을 단 한 번도 찾지 않았다. 해마다 수신인에게 명절 분위기를 만끽하게 해 주는 일은 물론, 더 흔하고 뭔가 마음에 부담을 지우는, 마치 숙제 같은 크리스마스 카드조차 보내지 않았다. 하지만 앨범은 계속 채워 나갔다. 자기 '친구'와 관련 있으면 무엇이든 추가했고, 시간이 흐르면서 결혼과 출산 소식도 전해 들었다. '그분은 모든 것에 앞서 예술가였다'라고 제목을 붙인 장에는, 전시 소식과 신문 논평, 이런저런 복사물, 인터뷰 몇 건을 담았다. '친구' 주변의 가족은 지극히 피상적인 관심만 받았다. 마침내 앨범은 부고와 함께, 헬가가 여태껏 말하지 않았던 모든 감정을 담아낸 시 한 편으로 마무리되었다.

여러 해가 지나고, 헬가는 조간신문에서 어떤 예술가들

의 초기 작품들이 경매에 붙여진다는 소식과 함께, 이름 여럿을 보았다. 그러고는 스케치 몇 점과 마리의 엄마가 대학 공부를 시작했을 무렵에 그린 수채화를 샀다. 아름다운 액자를 둘러서 벽에 걸었고, 사진을 찍은 다음 앨범에 넣었다. 이제 모든 것이 정리되었고 완벽했다. 바로 그해 여름, 어째서인지는 모르겠지만 그 완벽함이 짐스러워졌다. 헬가는 스스로 오랫동안 붙들고 있던 이 모든 것을 다른 누군가에게 바치기로 했고, 마리에게 편지를 썼다. 이제껏 수집한 자료가 너무 귀중해서 우편으로 부칠 수 없으니, 가능한 한 빠른 시일 내에 직접 전달해야겠다고.

편지를 읽은 마리는 잠시 빙빙 돌다가 제자리로 돌아와서 욘나에게 물었다. "우리는 텐트에서 자면 돼. 아마 그저 며칠 머무르는 거겠지?"

"응. 그냥 며칠일 거야."

6월의 어느 저녁, 브룬스트룀의 바다 택시가 헬가를 섬에 내려놓았다. 헬가는 장례식에 참석한 듯 말없이 진지하게 인사를 했다. 헬가는 몸집이 불기는 했어도 여전히 작았고, 얼굴은 침묵 속에서 고집을 드러내 보이고 있었다. 이들은 벽난로에서 이미 생선 수프가 끓고 있는 오두막으로 올라갔지만, 대화를 이어 가기는 정말 어려웠다. 헬가는 짐을 풀 기색조차 없었다. "내일 하지요." 헬가가 말했다. "내일이 어머님

생신이에요."

텐트로 돌아온 욘나는, 헬가에게 짐이 엄청나게 많다고 말했다.

"그래." 마리가 말했다. "좀 가져와서 읽어 볼까?"

고양이가 자리에 누우러 들어왔다.

다음 날 아침, 헬가의 앨범은 탁자 가운데에 놓여 있었다. 겉장은 금빛 스카우트 문장으로 꾸며져 있었다. 햇빛 때문에 훤히 보이지만 촛불도 밝혀 두었다.

"와서 앉으세요." 헬가가 말했다. "마리, 여기 어머님의 일생이 든 앨범이 있어요." 그러고는 이야기를 들려주기 시작했다. 자세하고 진지하게, 이를테면 마리의 엄마에게 거룩한 기억의 뜰에 적절한 자리를 마련해 드리고자 참을성 있게 오래 준비하며 겪어 온 그 많은 기대와 절망에 대해. 사진은 지나치게 노출되어서 빛이 바랬고, 뭔가 이들에게 중요했을 물건들의 그림자는 도무지 알아볼 수 없었다. 그럼에도 헬가는 지난 사건들을 다 묘사하고 설명했다.

"마리, 23페이지를 봐요. 어머님이 1904년에 '손 글씨 1등상'을 받았다는 걸 알았나요? 학교 연감의 내용을 읽어 줄게요······. 솜씨 좋은 사수였다는 점도 알았어요? 29페이지예요. 1908년에 스톡홀름에서 1등, 1908년에 순스발에서 2등을 했지요. 1913년에 스카우트를 떠나신 건 아셨나요? 이유도요?"

"알아요." 마리가 대답했다. "스카우트 운동이 지나치게 조직화되니까 신물이 나셨지요."

"아니, 아니에요. 신물이 나신 게 아니에요. 예술에 자신을 바치기 위해서 내려놓으신 거지요. 45페이지를 펴 보세요……."

"잠깐만요." 욘나가 말했다. "저는 잠깐 나가서 고양이에게 밥을 줘야겠어요. 혹시 커피 드시겠어요?"

"아니요, 괜찮아요." 헬가가 말했다. "이건 너무나 중요한 일이에요."

잠시 후, 마리가 오두막에서 뛰어나왔다. "들었어? 거룩한 기억의 뜰이라니!" 마리가 외쳤다. "우리 엄마가 1908년에 스웨덴에서 두 번째로 머리가 길었다는 거 알았어? 셀로판을 씌워 놓은 머리카락을 보니까 아주 속이 뒤집혀. 그 여자한테 그럴 권리가 어디 있어?"

"그만." 욘나가 말했다. "내 생각은 말이야, 그 앨범을 혼자 조용한 데에서 읽어 보겠다고 해 봐. 화내지 말고 상냥하게 말하는 거지. 이건 너에게 개인적이고 중요한 일이라 하고, 저 멀리 곳에 나가는 거야. 거기서는 네가 앨범을 읽는지, 안 읽는지 헬가로서는 알 수 없잖아."

"물론 읽지!" 마리가 외쳤다. "어떻게 안 읽겠어! 그리고 넌 왜 이 일에 참견하는 거야!"

욘나가 말했다. "섬에서 두 사람은 어떻게든 견딜 수 있지만 셋은 좀 힘들어. 마리, 헬가는 너희 엄마를 훔치려는 게 아니야. 그러니까 내 말을 들어."

마리는 헬가의 앨범을 들고서 곶으로 나갔다. 날씨는 따뜻했고, 바다에서는 잔잔한 바람이 불어왔다.

욘나가 오두막으로 돌아와 보니, 헬가는 그사이 짐을 푼 모양이었다. 마리의 엄마가 학생 때 그린 스케치와 수채화는 벌써 벽에 둘려 있었다.

"아무 말도 하지 마세요." 헬가가 말했다. "깜짝 놀라게 하려는 거예요. 마리가 올 때까지 기다려요."

둘은 한참을 기다렸다. 결국 욘나가 나가서 커다란 신호용 종을 쳤다. 위험이 다가올 때에만 치는 종이었다. 마리가 뛰어와서는 문을 열어젖히고, 꼼짝없이 서 있었다. 금빛 액자에서마다 햇살이 빛났다. 헬가는 마리를 똑바로 바라보았다.

시간이 좀 흐르고, 욘나가 조심스레 말했다. "엄청 젊으셨네."

"그렇죠. 젊으셨어요." 헬가가 말했다. "이건 계속 물려줘야 하는 소중한 유산이에요."

이들은 벽에서 지도를 내리고 마리 엄마의 작품을 걸었다.

"이제 한잔해야 할 것 같은데. 마리, 안 그래?" 욘나가 말했다.

"응, 센 걸로. 그런데 지금 집에는 아무것도 없어."

바로 그때, 굉장한 폭발음이 울리더니 오두막까지 통째로 흔들렸다. 수채화 한 점이 넘어지며 유리가 깨졌다.

"러시아 사람들인가요?" 헬가가 속삭였다.

"아마 그럴 거예요." 마리가 말했다. "그쪽까지는 사실 몇 마일도 안 되거든요……."

욘나가 말을 잘랐다. "그렇게 심술부리지 마! 헬가, 저건 잠깐 포격 연습을 하는 군부대일 뿐이에요. 걱정할 일 아니에요. 나가서 구경할까요?"

헬가는 창백한 얼굴로 머리를 흔들었다.

바깥 언덕에서 마리가 말했다. "헬가가 겁을 내네."

"그렇게 신나하지 마! 고양이가 일주일 먹을 밥은 있어?"

"아니, 없지. 하지만 저러고 있으면 가시고기 한 마리도 못 잡을 거야."

"또 폭격이네."

"그래. 다 알아. 라디오에서 알려 줬을 텐데. 중포병 부대의 실탄 포격 훈련이 어느 날, 몇 시, 어디에서 시작하니 반경 오 킬로미터 내의 주민들은 주의하라고. 높이는 최고 2000미터, 지역 주민들에게 경고 어쩌고저쩌고……. 저것만 아니면 헬가는 내일 떠났을 테지!"

"알아, 알아!" 욘나가 외쳤다. "내 잘못이지. 라디오 건전지를 샀어야 했는데 안 샀으니……."

작은 예인선 한 척이 어마어마한 크기의 표적판을 끌면서 천천히 바다로 나갔다. 포탄이 바다에 떨어질 때면 흰 물기둥이 솟았다.

"조준도 안 하나." 마리가 말했다. "저거 봐, 마지막 포탄은 거의 배를 박살 낼 뻔했잖아. 저래 가지고는 안 되겠어. 예인하는 밧줄을 더 길게 해야겠네." 표적판은 곶 뒤로 돌더니 먼 바다로 사라졌고, 포탄이 곧장 섬으로 밀려왔다. 팽 소리를 내면서 날아가는 소리에 매번 웅크리고 앉았다. 놀라지 않기란 쉽지 않았다.

"유치하네." 마리가 말했다. "재미있어들 하는 것 같아."

"절대 아니야. 넌 몰라. 저 사람들은 포격을 배워야 하고, 그건 배를 젓고 돌아다니는 온 세상의 어부들과 여름 휴양객들보다 더 중요해. 진지한 과제라고. 간단히 말하면, 군대는 우리를 지켜 주려고 있는 거니까, 우리 또한 온 힘을 다해서 협조하고 이해하도록 해야지. 이런 기동 훈련에는 매번 800명이 참여해. 그럼 알겠지."

"하하. 내가 아는 건, 바로 지금 솜털오리 900마리가 알을 품고 있다는 사실이야."

이때 갑자기, 예측 못한 사건들이 흔히 그러듯이 너무나 자연스럽게, 아주 높고 흰 물기둥이 물가 쪽에서 솟아났다. 포탄이 언덕을 때렸고, 돌 파편은 비처럼 텃밭 위로 흩날렸다. 다들 오두막으로 들어갔고, 욘나가 말했다. "들어 보세요. 우리는 이 상황을 잘 이해해야 해요. 저 남자들은 아직 너무 어리고, 조준하는 법도 제대로 배우지 못했어요. 표적판은 섬 뒤편으로 움직이지요. 따라서 섬 위로 폭격을 해야 하는데, 처음에는 거리를 가늠하기가 아주 어려워요. 그래요, 이해를 해야죠." 욘나는 커피 잔을 내놓으며 헬가의 앨범을 치웠다.

"저에게 주세요!" 헬가가 외쳤다. "이제 앨범은 지하실에 잘 보관해 두면 어때요? 아예 같이 지하에 숨는 편이 나을 수도 있겠네요. 여기는 점점 더 심해질 테니까요." 마리는 말했다.

헬가가 소리쳤다. "어머니와는 완전 딴판이시네요!"

"그렇죠. 딴판이에요. 엄마를 속속들이 아시니, 아실만도 한데요."

"이제 그만들 해요." 욘나가 말했다. "앨범은 매트리스 아래에 두고, 마음 좀 놓아요."

포격은 저녁까지 이어졌고, 차차 고요해졌다. 마리는 페인트 통을 가지고 나가서 파편이 부딪힌 곳에 흰 동그라미를 둘렀다. 그러고는 설명을 했다. "보여 주려는 거야. 눈에 들어

오게 해야지.”

“누구에게?”

“비켄의 아이들이나⋯⋯.”

“마리, 오늘 좀 예민한 것 같은데⋯⋯.”

“음, 나도 알아.”

“그만두면 안 될까?”

“저 여자는 소유권이 없어.”

“아, 뭐.” 욘나가 말했다. “가장 큰 문제는 사실, 학생 시절의 저 그림들이 네 어머니를 제대로 보여 주지 못한다는 점이야. 곱게 말하자면 말이지.”

그렇게 그럭저럭 한 주가 지나갔다. 저녁이면 군대는 탐조등으로 바다를 수색하는 연습을 했고, 병원 같은 차가운 불빛이 규칙적으로 오두막의 창을 비추며 집 안을 맴돌았다. 어떤 커튼으로도 그 빛을 막을 수 없었고, 헬가는 울었다.

“마리, 네가 오두막으로 돌아가야겠어.” 욘나가 말했다. “그럼 헬가가 좀 마음을 놓을 거야.”

“욘나가 가면 안 돼?”

“아니. 나는 고양이하고 텐트에 있을래. 이건 마리가 알아서 해결할 문제야. 다른 건 다 아니더라도.”

마리는 오두막으로 매트리스를 끌고 올라가서 자려고 벽쪽을 바라보고 누웠다.

이날은 부대가 마지막으로 훈련하는 날이었는데, 바로 그날 소나기를 동반한 천둥 번개가 쳤고, 뒤따라서 강한 바람이 불었다. 헬가는 침대에서 뛰쳐나와 마리를 흔들어 깨우며 외쳤다. "이제 우리한테 곧바로 쏘나 봐요! 지하실로 내려가야 할까요?"

"아니, 그렇지 않아요. 포격하는 게 아니에요. 이건 천둥이에요. 하늘이 저러고 계시는 거죠." 마리가 등불을 밝히고 보니, 헬가는 정말로 무서워하고 있었다. 그렇게 겁에 질린 사람의 모습을 보기는 처음이었다. 뇌우는 바로 머리 위에서 울어 댔고, 천둥과 번개가 동시에 찾아왔다. 군부대의 푸른 탐조등 불빛마저도 세상의 종말 같은 붉은 뇌우가 집어삼켰다. 사실 환상적이었다.

"폭격 아니에요." 마리가 다시 말했다. "그냥 뇌우라고요. 누우세요."

"공 모양의 번개예요!" 헬가가 외쳤다. "여기로 들어와서 우리를 짓눌러 버릴 거예요. 우리를 찾아내서 짓밟고 지나갈 거라고요!"

마리는 헬가의 어깨를 붙들고 흔들었다. "조용히 해요." 마리가 말했다. "조용히 하고 누워요. 내가 어떻게 하는지 보세요. 바람 조절판을 이제 닫을 거예요. 그럼 번개가 안으로 못 들어오겠지요. 자, 보세요. 고무장화를 신어요. 그러면 안

전해요. 아주 확실하죠."

헬가는 고무 장화를 신었다.

"그리고 이제 뇌우가 얼마나 단순한 현상인지 제가 설명해 드릴게요……. 이건 뭐하고 관련이 있냐면……."

하지만 마리는 갑자기 엄마가 어떻게 뇌우를 자연스러운 현상이라 설명하고 이해시켰는지 기억나지 않았다. 그래서 애매모호하게 이야기할 수밖에 없었다. "상승 기류와……."

방의 네 창문으로 번개가 치고, 하늘에서는 천둥이 다시 쿵쿵거렸다. 헬가는 마리의 품으로 달려들었고, 최대한 꽉 붙잡고 있었다. "네, 맞아요." 헬가가 말했다. "상승 기류요. 맞지요? 그리고 하강 기류도요……. 그리고 또 뭐죠? 설명해 줘요!"

"전기지요." 마리가 속삭였다. "그냥 단순한 전기일 뿐이라고요……."

뇌우는 평소처럼 북쪽으로 빠져나갔다. 누구나 다 알듯이 섬 사이에서 번개가 치면 언제나 구름은 남쪽에서 북쪽으로 흘러간다. 점점 멀리, 소리도 잘 안 들릴 만큼 멀어지면 그저 비만 내린다. 마리는 헬가를 꼭 붙잡고 있느라 팔이 저렸다. 램프에서도 연기가 피어오르기 시작했다. 마리는 말했다. "다 지나갔어요. 이제 하나도 위험하지 않으니 누우세요. 자, 들어 봐요. 이제 전혀 위험하지 않아요……." 헬가는 벌써 잠들었지만, 마리는 한참이 지나고서야 깨달았다.

다음 날 아침 바다는 잔잔하고 매끄러웠다. 섬 전체가 밤새 내린 비로 깨끗이 씻긴 초록빛이었다. 고양이는 일어나서 밥을 찾았다.

둘은 헬가를 육지로 바래다주면서 그 길에 그물 두 개를 쳤다.

버스가 떠나기 직전, 헬가는 마리를 바라보더니 말했다. "그래도 한 가지는 인정하셔야 해요. 뇌우가 어떻게 치는지는 잘 모르시더라고요."

"몰라요." 마리가 대답했다. "하지만 알아볼게요."

마리와 욘나는 돌아오는 길에 그물을 걷었다. 딱하게 생긴 잉어 한 마리와 메기 한 마리가 잡혔기에 둘 다 놓아주었다. 고양이는 바닷가에 앉아서 기다리고 있었다.

"이렇게 조용해지다니." 욘나가 말했다. "어떻게 생각해? 아주 훌륭한 뇌우였지?"

"아주 좋았어." 마리가 말했다. "우리가 본 것 중 최고였지."

안개

항로를 따라 한참 나아갔을 무렵 안개가 덮쳤다. 누런 안개는 얼음처럼 차가웠고, 바다로부터 빠르게 퍼져 왔다. 욘나는 한동안 계속 전진했지만, 곧 모터를 껐다.

"이건 무의미해. 우린 섬을 못 찾고, 결국 바다 건너 탈린에 도착할 거야."

안개 낀 바다에서 기다리는 것만큼 고요한 일은 없다. 큰 배가 가까이 오는지 귀를 기울였다. 분명 물을 가르는 소리가 들리지 않았음에도, 대형 선박은 미처 모터를 켜고 피할 겨를조차 없이 갑자기 나타날 수 있다. 왜 기적을 안 울리는지…….

'나침반을 가져올걸.' 욘나가 생각했다. '너무나 고요하잖아. 어느 방향에서도 도움을 얻을 수 없네. 물론 시계도 없고. 일기 예보도 안 들었지…….' 욘나는 그렇게 앉아서 추위에 떨었다.

"노를 좀 저어 봐. 그럼 좀 몸이 따뜻해질 거야."

마리는 아주 딱한 모습으로 노를 꺼냈다. 가느다란 목은 초조했고, 젖은 머리카락이 이마에 뭉쳐 있었다.

"오른쪽 노에 너무 힘이 들어갔어. 그럼 제자리에서 돌잖아. 하지만 뭐 상관없을 수도 있지."

"욘나, 선미에 크네케브뢰드* 있어?"

"아니, 없어."

"우리 엄마는……." 하고 마리가 말을 시작했다.

"알아, 알아. 너희 엄마는 바다에 나갈 때면 언제나 크네케브뢰드를 챙기셨지. 하지만 난 없어."

"왜 화를 내?" 마리가 물었다.

"화 안 내. 왜 내가 화를 내겠어?"

둘의 머리 위로, 약이라도 올리듯 긴 터널이 푸른 하늘까지 뚫려 있었다. 마치 하늘을 날면서 내려다보는 것 같았다. 단, 하늘을 날 때는 지금과 달리 터널이 위에서 아래로 뚫려 있겠지.

---

*   바삭하게 말려서 저장해 두고 먹는 빵.

마침내 배 한 척이 아주 먼 곳에서 기적을 울렸다.

욘나가 말했다. "크네케브뢰드라. 크네케브뢰드 말이지. 너희 엄마는 그런 점에서 좀 유난스러우셨어. 작게 조각을 내서는 하나하나 버터를 바르셨지. 시간이 끝도 없이 걸리는 일이었어. 그리고 나는 다시 버터나이프를 건네주시기를 끝도 없이 기다렸고. 아침마다, 날마다, 우리와 함께 사시는 내내 해마다 그러셨어!"

마리는 말했다. "칼을 하나 더 샀으면 됐잖아……."

어마어마한 그림자가 어둠의 장벽처럼 안개 속에서 일어나더니 가까이 지나쳤다. 욘나는 모터를 켜고 돌연 달리다가 다시 멈추었다. 파도가 점차 가라앉더니 아주 조용해졌다.

"겁이 났어?"

"아니. 시간이 없었어. 그런데 또 네 엄마는 빵을 구우실 때 유난스러우셨잖아. 너한테 끝도 없이 빵을 보내셨고, 그때마다 아침 7시에 전화를 해서는 한 시간 동안 통화하셨어. 굵게 간 밀로 그레이엄브레드를 구우셨지. 빵에 곰팡이가 피면, 우리는 그걸 그레이엄 그린*이라고 불렀어."

"하하, 재미나네." 욘나가 말했다. "엄마들 얘기를 하자

---

* 영국의 유명 소설가. 푸르스름한 곰팡이가 핀 빵을 '녹색의 그레이엄 빵'이라고 해석할 수 있게끔 소설가의 이름으로 부르고 있다.

면, 너희 엄마는 포커를 할 때 속임수를 쓰셨어."

"그랬을 수 있지. 그래도 여든아홉이셨으니까."

"아니. 속이셨을 때는 여든여덟이셨어. 피할 수 없는 사실이지."

"됐어, 됐어. 여든여덟. 그 나이면 이런저런 권리가 생기지."

"그런 일은 없어." 욘나가 진지하게 말했다. "그때쯤 되면 상대방을 존중하는 방법을 배웠어야지. 너희 엄마는 거리낌 없이 속이셨고, 그건 너도 인정할 수 있잖아. 나를 진지하게 받아들이지 않으셔서 힘들었고. 왼쪽을 더 힘있게 저어 봐."

그사이 훨씬 추워졌고, 안개는 두 사람을 뒤덮었다. 여전히 뚫지 못할 안개였다. 욘나는 선미에서 고기잡이용 갈고리를 꺼냈다. 어차피 하루를 날렸으니 대구라도 잡을 수 있기를 바랐다. 하지만 어째 낚시할 기분이 아니었다.

그래서 마냥 기다렸다.

"이상하네." 마리가 말했다. "이렇게 앉아 있으면 온갖 생각이 다 나. 지금 몇 시야?"

"시계 없어. 나침반도 없고."

"엄마들 말이야." 마리가 말을 이었다. "내가 물어볼 수 없었던 게 하나 있어. 욘나, 무슨 일로 늘 엄마하고 다투었던 거야? 너희 엄마가 북서풍이 분다고 하시면 너는 곧 정북쪽에서 분다고 했어. 늘 그런 식이었지만, 나는 전혀 다른 일로 다툰다고 확신했지. 중요하고 위험한 일로."

"물론 그랬지." 욘나가 말했다.

마리는 노를 멈추더니 아주 느릿느릿하게 말했다. "정말이야? 무슨 일로 다투었는지 이제 내게도 말해 줄 때가 되지 않았어? 솔직히 말해 봐. 그 일에 대해서 이야기를 해야지."

"알았어." 욘나가 말했다. "좋아. 너희 엄마 이야기부터 해야겠어. 너희 엄마는 줄곧, 해를 거듭하며 내 연장들을 가져가셨어. 날을 갈 줄 모르셨으니, 칼을 하나씩 계속 망치셨지. 조각칼은 말할 것도 없고, 반평생 소중히 아껴 온 정교한 연장들 얘기는 꺼내지도 마. 그런데 이런 연장을 알지도, 존중하지도 않는 사람이 나타나서 예민한 연장들을 깡통 따개처럼 사용했다고! 그래, 물론, 네가 뭐라고 할지는 알아. 네 엄마가 멋지고 아름답고 작은 배들을 만드셨다고 하겠지. 그렇지만 왜 스스로 연장을 사지 않고, 실컷 내 물건들을 못쓰게 만드셨냐고."

마리는 "음, 그건 나빴네. 아주 나빴어."라고 대꾸하고는 다시 노를 젓기 시작했다. 한동안 노를 젓다가 다시 물 위로 꺼내면서 마리가 말했다. "엄마가 배 만들기를 그만두신 건 너 때문이야."

"무슨 뜻이야?"

"네가 더 잘 만든다는 걸 아셨지."

"그래서 화났어?"

"바보 같은 소리."라고 답한 뒤, 마리는 다시 노를 젓기 시작했다. "너는 가끔씩 나를 미치게 해."

둘은 안개가 사라지고 있음을 알아채지 못했다. 거대한 여름 안개는 육지 쪽 섬에 사는 사람들을 약 올리러 북쪽으로 떠났다. 바다가 열리면서 푸른색이 되었다. 둘은 탈린 방향으로, 한참 남쪽으로 떠내려가 있었다. 욘나는 모터를 켰다. 아주 변덕스러운 날씨를 겪으며 섬으로 돌아왔지만 그곳의 모습은 평소와 전혀 다르지 않았다.

조지 죽이기

마리가 현관에 들어서자 인쇄기 소리가 들렸다.

"왔어?" 욘나가 스튜디오 안에서 말했다.

"그냥 펜 좀 가지러."

욘나는 판화를 꺼내 들고 꼼꼼히 살펴보았다. "아니지. 조지를 가지고 온 거 알아. 조지를 수정했지?"

"맞아. 끝부분을 다 바꿨어. 아이디어를 다 뒤집었어! 반복되는 부분들을 대폭 삭제했고, 스테판은 더 이상 스베페가 아니야. 이름을 칼레로 바꿨어."

"아이고 세상에." 욘나가 말했다.

"나중에 올까?"

"아니, 아니. 아무 데나 앉아. 이건 내일 이어서 하면 돼."

둘은 창가 탁자에서 마주 보고 앉았다. 욘나는 담배에 불을 붙이며 말했다. "처음부터 읽지 않아도 돼. 나도 벌써 아니까. '아가씨, 셋 더 주시겠어요?' 하는 거였지. 안톤이 전화를 걸러 나갔고. 그럼 거북이 장면부터 읽어 봐."

"난 처음부터 아니면 시작할 수 없다는 걸 알면서! 그렇게 안 하면 전체가 아니잖아! 새로 쓴 데가 나올 때까지 그냥 빨리 읽으면 안 될까? 식당에 가는 부분은 지웠고, 안톤에 관한 꼭 필요하지 않은 설명도 뺐어. 안톤은 단지 등장할 뿐이야. 그런데 넌 이 아이디어가 성공적이리라고 믿기는 해?"

"물론이지. 하지만 결국 충분하지 않을지도 몰라. 계속 이야기하기가 어려울 수도 있어."

"하지만 난 끝까지 썼는데!"

욘나는 말했다. "그래도 어쨌건 거북이 장면부터 읽어 봐." 마리는 안경을 쓰고 앉았다.

칼레가 말했다. "걱정스러운 일들에 대해서 말이 나왔으니 말인데, 일전에 혹시 신문에 났던, '혼자 남은 거북이 이야기' 읽었어? 그 거북이 이름이 조지야."

"아니. 무슨 일인데?"

"이 거북이가 특별한 까닭은, 그 종의 마지막 개체이기 때문이야. 갈라파고스라나 뭐라나. 그 종의 마지막 한 마리지. 그다음은 없어."

"큰일 났네." 보세가 말했다.

"그렇지. 그런데 거북이는 빙빙 돌고 또 돌면서 연신 무언가를 찾고 있어."

"빙빙 도는지 어떻게 알았대?"

"우리에 가두어 놓았거든." 칼레가 설명했다. "계속 관찰하고 있어. 조지를 말이야. 그리고 조지는 암컷을 찾는 거야. 알겠어?"

"어떻게 알아?"

"확실하대. 학자들이라니까."

"응, 응." 보세가 말했다. "그러니까 네 말은 이를테면 안톤도 그러고 있다는 말이지? 안톤은 자꾸 전화를 걸지만 답을 못 받고 있잖아. 한번 찾아가 볼까?"

욘나가 말했다. "잠깐만. 자, 안톤을 보자. 계속 전화를 걸러 나가지만 여자는 전화를 안 받아. 그런데 뭐 하러 전화를 자꾸 걸겠어. 여자가 전화를 안 받으면 그냥 집에 없는 거지. 그리고 난 거북이하고 비교하는 부분이 좀 억지인 것 같아. 거북이가 맘에 안 드는 건 아니지만⋯⋯."

"그렇지!" 마리가 외쳤다. "넌 거북이는 마음에 들지만 나머지가 마음에 안 들지? 하지만 내가 끝부분을 다 고쳤다고 했잖아!"

"그럼, 더 읽어 봐." 욘나가 말했다.

"보세, 알아? 나는 가끔씩 끔찍하게 울적해."

"그래?"

"응. 전혀 그럴 일도 없는데."

"그래서 어떻게 할 거야? 근데 조지는……. 다른 거북이가 없다는 걸 어떻게 알지? 어떻게 확신해?"

칼레가 말했다. "그냥 아는 거야. 곳곳에서 찾아봤으니까."

"하지만 내 생각에는 충분히 찾아보지 않은 것 같아. 세상 모든 곳에서 구석구석 다 찾아볼 시간은 없었을 거 아냐. 그런데 그렇게 주장할 뿐인 거고……. 아, 난 이제 조지라면 그만 됐어."

"잘됐네. 그럼 그냥 잊어. 거북이 이야기는 괜히 꺼냈네. 아가씨, 셋 더 주시겠어요?"

"그만." 욘나가 말했다. "이 남자들을 좀, 너무 단순하게 그린 것 같지 않아?"

"원래 단순한 사람들이야." 마리가 대답했다. "이제 안톤이 등장해."

칼레가 말했다. "봐. 네 술 한 잔을 챙겨 두었어. 두 잔 다 네 거야."

"고마운 일이네." 안톤이 답했다.

보세가 말했다. "응답은 없어?"

"없어. 그래도 계속해 볼 거야."

욘나가 물었다. "여기 이 안톤은 전화를 몇 번이나 걸어? 어떻게 생겼어? 뭐 하는 사람이야? 대체 누구야? 그냥 두자. '끔찍한 일인지 위로가 되는지 모르겠어'로 가자. 그 문장이 좋아."

마리는 읽었다.

안톤이 떠나자 칼레는 보세를 똑바로 바라보며 말했다. "하지만 학자들은 정말 대단하지 않아? 조지에게 짝을 찾아 주기를 포기하지 않잖아. 세상에 없는데도 말이야. 그런데 짝이 있는데도 못 찾으면 그게 더 슬프지 않겠어?" 그는 잔을 비우면서 진지하게 말했다. "끔찍한 일인지 위로가 되는지 모르겠어."

"여기서 반 페이지를 지웠어."

마리가 다시 읽었다.

"보세, 내가 왜 이렇게 피곤하고 불행한지 알아? 앞뒤가 하나도 안 맞기 때문이야. 잘 들어 봐. 다 쓸데없는 짓 같아. 속으로는 말이야, 뭐 하자는 짓인지, 일이 어떻게 진행되는지 전혀 모르겠어. 앞뒤가 안 맞아. 무슨 말인지 알겠어?"

보세가 말했다. "왜 그렇게 서로 맞아야 하는데? 어떻게? 뭘 기대하는 거야?"

"그만." 욘나가 말했다. "앞에서 한 말이잖아. 자꾸 반복하는데, 계획이 뭐야? 내 생각에는……."

마리는 안경을 내려놓고 큰 소리로 말했다. "하지만 아까도 말했듯이 끝을 다 고쳤잖아. 어떻게 했는지 알아? 여자에게 전화를 걸지만 그 여자는 없어. 아예 없는 사람이야. 안톤은 여태껏 자기 번호로 걸고 있었어. 자기 전화번호라고. 알겠어? 그게 낫지 않아?"

"낫네." 욘나가 말했다.

"그래. 더 낫다는 데 나도 동의해. 이제 그는 테이블로 돌아와. 보세와 칼레는 뭔가 일이 있었음을 눈치채지. 읽을게……."

"잠깐만 기다려 봐." 욘나가 말했다. "그가 생각한 걸 말해 봐."

"그 여자를 죽일 생각이야." 마리가 설명했다. "안톤이 그 여자를 죽이는 거지. 전화를 계속 걸 필요가 없도록. 보세와 칼레는 당연히 흥분을 하지. 그래서 안톤을 위로하려고 술을 다시 주문해……."

"술은 그만 나오는 편이 좋을 것 같아." 욘나가 말했다. "앞으로 그 여자 이야기는 괜찮아질 거야. 조지도 죽게 하면 어때? 그냥 아이디어야."

"네가 조지를 좋아하는 줄 알았는데." 마리가 말했다. "조지는 괜찮다고 했잖아." 마리는 일어나서 종이를 모았다. "이걸로는 아무것도 못 해."

"할 수 있어." 욘나가 말했다. "새로 고쳐야지. 커피 좀 마실까?"

"아니. 커피는 안 마실래."

"마리, 우리는 칼레의 결론을 우울하게 썼지. 마치 모든 게 다 필요 없는 일 같다고. 조지는 그냥 빙빙 돌기만 하고, 희망이 없다는 사실을 모르지. 그런데 이제 안톤이 나와서 거짓말을 끝장내겠다고 용기를 내. 여기서 흥미로워질 수 있는 인물은 안톤인데, 너는 안톤에게 관심이 없어. 조지는 잊고 안톤에 대해서 생각해 봐. 왜 그런 행동을 하는지. 공회전만 하고 있으니까. 좀 미친 짓을 해 봐. 나는 가서 커피를 준비할게."

욘나는 욕실에서 커피 주전자에 물을 채웠다. 거울을, 자신의 얼굴을 바라보며 갑자기 이래서는 안 되겠다는 참담한 생각이 들었다. '영원히 끝내지 못하는 이 소설들. 고치고 또 고쳐 쓰고, 버렸다가 다시 살리고, 단어의 자리를 바꾸고 또 다른 단어로 바꾸고. 어제는 어땠었는지 오늘은 어떻게 바꾸었는지 기억조차 안 난다. 지긋지긋해. 들어가서 말해야겠다. 지금 바로, 얼른……. 마리는 나를, 사람들로 하여금 곧장 그럴싸한 이미지로 상상할 수 있게끔 묘사할 수 있을까? 뭐라고 할까……. 주름투성이에, 넓적하고 냉정한 얼굴, 희끗희끗한 갈색 머리, 커다란 코?'

욘나는 커피를 들고 자리로 돌아가서 마리에게 물었다. "내가 어떻게 생겼는지 묘사해 봐."

"정말로?"

"응."

"반 잔만 줘." 마리가 말했다. "이제 집에 가야겠어." 그러고는 잠시 후에 말했다. "인내심을 묘사해야겠지. 고집도 있고. 그리고 또 무얼 표현해야 하냐면……. 네가 원하는 건 다만, 음, 네가 원하는 것뿐이라는 사실이지. 잠깐만……. 머리카락에는 보기 드문 구릿빛이 살짝 돌아. 역광을 받으면 더 그렇지. 두상과 짧은 목을 보면, 고대 로마인, 자기가 온 세상을 다스리는 신이라고 믿었던 황제들이 생각나……. 잠깐. 움직이고 걷는 방식도 있지. 나에게 고개를 돌릴 때의 모습도. 눈은……."

"한쪽은 잿빛이고 다른 쪽은 파랗지." 욘나가 말했다. "그럼 이제 졸지 않도록 커피를 마셔. 처음부터 시작하자. 천천히 읽어. 시간은 많으니까. 안톤을 잊지 마. 계속 안톤을 생각하는 거야. 그 사람은 눈앞에 훤히 보여야 해. 필요하면 조지를 희생시켜도 괜찮고. 천천히 읽어. 칼레가 말했다. '아가씨, 세 잔 더 주시겠어요?' 천천히 읽어. 잘 생각하면서 들어야지. 뭔가가 어긋날 때마다 중단하는 거야. 아이디어가 될만한 게 보이면 또 멈추고. 준비됐어? 그럼 읽어 봐."

코니카와 함께 여행하기

욘나는 비디오를 찍었다. 8밀리미터 코니카 비디오 카메라를 샀고, 이 작은 기계를 아꼈으므로 여행을 갈 때면 어디든 가지고 갔다.

욘나가 말했다. "마리, 정지된 사진은 이제 지겨워. 다른, 살아 움직이는 그림을 만들고 싶어. 움직임, 변화를 담아냈으면 좋겠어. 알겠지? 모든 일은 딱 한 번, 지금 일어날 뿐이야……. 나에게는 영상이 스케치지. 아, 봐! 저기 온다! 즉흥극이야!"

거리의 예술가들이 보들보들한 깔개를 펼쳤다. 공에 올라서는 아이, 불을 삼키는 장사, 저글링을 하는 소녀. 사람들은 길에 멈춰 서서 이 광경 속으로 다가갔다. 아주 더웠다. 불이 번쩍거리고, 검푸른 그림자는 또렷해졌다.

마리는 포장을 뜯은 코닥 필름을 손에 쥐고 욘나 바로 옆에 서서 연신 윙윙거리는 카메라 소리가 언제 달라지나, 기다렸다. 낌새가 보이면 잽싸게 새 필름을 준비해야 했다. 욘나의 시야를 열어 주는 일도 중요했다. 마리는 사람들이 카메라 앞을 지나가지 않도록 통제하는 것을 명예로운 과제로 여겼다.

"신경 쓰지 마." 욘나가 말했다. "그냥 엑스트라들이야. 나중에 자르면 돼."

마리가 말했다. "그냥 내가 하게 돼. 이건 내 일이니까."

마찬가지로 중요한 임무는, 코닥 필름을 찾는 일이었다. 마리는 줄곧 찾아다녔다. 도시에서도, 마을에서도, 버스 정류장에서도, 여기에서 코닥 필름을 살 수 있다고 알려 주는 노랗고 빨간 간판을 찾았다. 아그파 필름은 어디에나 있는 것 같은데.

"아그파로 찍으면 색깔이 푸르스름해져." 마리가 말했다. "좀 기다려. 코닥을 찾을게." 그러고는 계속 찾았다.

마침 필름이 끊겼을 때 무언가 놀라운 일이 자신들에게 닥칠까 봐, 두 번 다시 되풀이할 수 없는 길거리의 사건이 자기들 눈앞에서 벌어질까 봐, 그러면 놓쳤음을 잊으려고 애쓰면서 다녀야 하리라고 염려하며.

이들, 욘나와 마리와 코니카는 그렇게 온갖 도시를 떠돌았다. 마리는 비판적인 태도로, 이렇게 저렇게 하라고 지적하고 조언하고, 구성과 조명에 관해 의견을 주고 적절한 모티브를 찾으면서 부지런을 떨었다.

어느 날, 거대한 수족관, 청록색의 돌고래 수조에 당도했을 때, 마리는 욘나의 팔을 잡고 외쳤다. "기다려 봐. 돌고래가 언제 뛸지 내가 맞혀 볼게. 넌 지금 필름을 낭비하고 있으니까……." 그때 돌고래가 몸을 틀며 물 밖으로 높이 솟았고, 햇빛을 받아서 빛났다. 그때 욘나가 외쳤다. "늦었잖아! 내가 혼자 결정하게 돼!"

"그러든지." 마리가 대답했다. "너하고 그놈의 코니카하고."

지하 수조의 조명이 비치는 어두운 복도는 놀랍도록 아름답고 신비했다. 거기서는 고래들이 잠수를 했다. 고래가 아래로 내리박다가 다시 몸을 뒤집어서 빛을 향해 나아갈 때면, 그 춤의 경이로운 힘을 유리 벽 너머로 구경할 수 있었다. "어둡네." 마리가 말했다. "여기서 찍어 봤자 부질없어. 그냥 까맣게 나올 거야……."

"조용, 상어가 온다." 욘나가 말했다. 사람들은 괴물을 보려고 몰려들었고, 마리는 그들을 제지하고자 팔을 휘둘렀다. 상어가 다가왔다. 회색 그림자가 느릿느릿 바로 옆을 스치더니 곧 사라져 버렸다.

"됐다." 욘나가 말했다. "찍었어. 넌 늘 진짜 상어를 가까이서 보고 싶어 했잖아. 이제 봤지."

마리가 말했다. "못 봤어."

"못 봤다니, 무슨 말이야?"

"코니카 생각만 했지! 내가 무엇을 보는지가 아니라, 내 코니카 생각만 하는 사이에 지나가 버렸어!" 욘나는 양손에 든 카메라를 마리에게 내밀었다. "그 상어는 여기, 이 안에 있어! 집에 가면 언제라도 보고 싶은 만큼 볼 수 있어. 음악과 함께 말이야."

욘나는 서커스를 마주치면 가장 기뻐했다. 일요일 교외에서 거리 축제를 구경할 때, 그보다 더 기뻐했는지도 모르겠다. 둘은 코니카를 들고 함께 찾아갔고, 멀리서부터 회전목마가 스타카토로 헐떡이는 소리를 들을 수 있었다. 욘나는 녹음기를 켜고 속삭였다. "여기에서 시작. 아주 멀리서부터 점점 접근. 기대. 우리 발소리." 그러고는 영상을 시작했다.

두 사람은 회전목마를 직접 타지는 않았다.

한참 후, 욘나는 아틀리에에서 삼발이를 펼치고 프로젝터를 설치한 다음, 천장의 등을 껐다. 마리는 종이와 펜을 들고 앉아서 기다렸다. 기계는 돌기 시작했고, 네모난 빛을 스크린에 쏘았다.

욘나가 말했다. "뭘 잘라 버려야 할지 적어 줘. 반복되는 부분하고."

"그래, 그래, 알지. 까맣게 나온 곳도." 그들의 여행이 다시 둘 앞에 펼쳐졌다. 마리는 적었다.

오른쪽에 머리 잘림.

뛰는 곳.

왼쪽에 울타리.

해안, 너무 김.

풍경 불필요.

사람들, 너무 빨리 가 버림.

꽃 희미함……

잠자코 적다 보니, 정작 갔던 곳이 어디인지 당최 생각나지 않았다.

욘나가 말했다. "편집이 촬영보다 더 큰일이야. 편집이 끝나면 음악을 넣을 수 있지만 아직 모르겠어. 음악은 사람을 무비판적으로 만들어."

"욘나, 편집은 그만두고, 난 지금 음악이 있는 영상을 좀 보고 싶어."

"뭐 볼래?"

"멕시코. 손님이 없는 거리 축제. 회전목마를 탈 돈이 없는 사람들. 알잖아."

욘나는 테이프를 재생했다. 우울한 마림바가 끊임없이 울렸다. 영상은 또렷하지 않았고 처음에 잠시 흔들렸지만, 순간 정리가 되면서 긴 저녁 풍경으로 바뀌었다. 마사틀란 교외의 텅 빈 들판이었다. 바다로 물을 흘려보내는 배수로가 보였고, 급히 저무는 해가 불타는 금빛으로 긴 띠를 그리더니 곧장 사라졌다. 바로 판잣집들과 폐차장이 보이고, 저 멀리서는 알록달록한 등불이 오르락내리락하는 커다란 관람차가 보였다. 코니카가 줌을 당겼고, 작은 유람차 속에는 승객이 없었다. 화면은 회전목마로 바뀌었지만, 손님은 여전히 없었다. 온통 반짝거리고 매혹적이고 쉽게 즐길 수 있었지만, 거리 축제의 인파는 이런 오락거리에 참여하는 대신 그냥 지나갔다. 그저 젊은 남자 몇몇이 상품이 걸린 목표물에 총을 쏘았고, 욘나는 그 굳어진 얼굴을 근접 화면으로 찍었다. 비디오가 계속 돌아가는 동안 마사틀란에는 점점 어둠이 내렸고, 사람들도 하나둘 거리 축제를 떠났다. 이제는 오르락내리락하는 불빛뿐이었지만 관람차는 끊임없이 돌았다. 거의 밤이 되었다. 마림바 소리가 이어졌다. 서커스 천막 뒤쪽에서는 아마도 개들이 쓰레기 더미를 뒤지고 있었다.

"참담하네." 마리가 말했다. "참담한데 훌륭해. 집으로 그냥 돌아가는 사람들…… . 그래도 다들 구경하기는 했잖아. 안 그래? 마지막에 반짝이는 배수로도 찍었지?"

"기다려. 금방 나와."

화면은 새카매졌고, 아주 오랫동안 그냥 검었다. 희미하게 몇몇 불빛이 슬쩍 보일 뿐 아무것도 없다가, 화면은 다시 텅 비었다.

마리가 말했다. "너 여기는 잘라야겠다. 아무도 무슨 의미인지 모를 거야. 너무 어두워."

욘나는 프로젝터를 멈추고 천장의 등을 켜더니 말했다. "여기는 아주 까매도 상관없어. 마리가 거기 있었으니까. 안 그래?"

"그래, 내가 거기 있었지." 마리가 대답했다.

B급 서부 영화

버번 위스키 한 병과 물 한 병, 코르테스 담배 한 상자를 들고 욘나가 왔다.

"아하. 거친 서부의 날이구나. B급 서부 영화야?"

"응, 초기 고전이지."

방 안은 아주 추웠다. 마리는 담요를 몸에 둘렀다. "언제 해?"

"사실은……." 욘나가 말했다. "사실은 나 혼자 보면 더 좋겠다고 생각했어."

"입 다물고 있을게."

"아니, 그래도 난 마리가 무슨 생각을 하는지 아니까 집중할 수가 없어." 욘나는 둘의 잔을 채우고 말을 이었다. "너는 서부 영화가 똑같은 주제를 계속 되풀이한다고 생각하잖아. 그런지도 모르지. 하지만 우리는 미국인들이 자기 역사를 사랑한다는 점을 이해해야 해. 짧고 힘찬 역사를 연신 다시 기술하고 묘사하지……. 르네상스를 사랑해? 고대 이집트에 무슨 관심이 있어? 중국은 어떻고?"

"별 관심 없지. 그냥 존재할, 음, 존재했을 뿐이야."

"그렇지. 내가 B급 서부 영화를 옹호하려는 건 아니야. 하지만 그때, 처음에 어땠을지 상상해 봐! 용기! 용기와 인내심이지. 그리고 새로운 땅, 새로운 대륙을 처음으로 발견하고 정복하는 데 동참하고 싶은 순수한 호기심이야!"

마리는 "정복이라." 하고 따라 말하며 담요를 더 꼭 감았다.

"그래, 그래. 미국 원주민들과, 정복자들의 온갖 잔혹함과 자만에 대해서라면 말도 꺼내지도 마. 양쪽 다 사정이 있으니까. 큰 변화에는 언제나 격렬함이 필요하지. 안 그래? 아주 텅 빈 땅에 흩뿌려진 적막한 거주지들을 봐. 늘 위험을 안고 살았다는 걸 기억해야지……. 그 사람들은 엄격하고 타협을 모르는, 일종의 정의감을 가지게 되었을 거야. 나름의 방식으로, 가능한 한 법을 잘 만들어야 했겠지……." 욘나는 담배를 내려놓았다. "안 빨아지네. 담배를 잘못 샀어."

마리는 어쩌면 담배가 너무 오래되었는지도 모르겠다

고 말했고, 욘나는 이어서 이야기했다. "무법천지에도 나름의 법이 필요해. 물론 잘못은 있었지. 삶 자체가 너무나 폭력적이어서, 그냥 생각을 못 했어. 난 그렇게 생각해. 지금도 잘못은 있잖아. 안 그래? 엉뚱한 사람을 교수형에 처한다든가, 이런 거." 욘나는 몸을 내밀고 친구를 심각하게 바라보면서 말했다. "명예심 이야기야. 그때처럼 명예심이 강했던 적은 없었다고. 남자들 사이의 우정. 너는 그 영화에 나오는 여자 주인공들이 바보 같다고 했지. 그래, 그 사람들은 바보 같아. 그러니까 그 여자들은 잠시 잊어 봐. 그럼 뭐가 남아? 무슨 일이 있어도 서로의 명예를 지키는 굳건한 우정이야. 서부 영화는 개념 자체가 이렇다고!"

"알아." 마리가 말했다. "명예로운 결투를 치르고 나면 평생의 친구가 되지. 그중에 제일 고귀한 사람이 마지막에 총을 맞고 부드러운 음악에 맞추어 목숨을 내놓지 않는 한 말이야."

"왜 그렇게 함부로 말해." 욘나가 말했다. 그러고는 텔레비전을 덮어 두었던 천을 치우고 2번 채널을 틀었다.

"그래도 내 말이 맞지." 마리가 말했다. "언제나 똑같아. 말을 타고 똑같은 산, 똑같은 폭포, 똑같은 멕시코 교회를 지나가지. 그리고 술집하고 포장마차도 나오지. 질리지도 않나?"

"아니." 욘나가 대답했다. "질리지 않아. 이건 재인식이라는 개념의 문제, 자신이 상상한 걸 다시 알아본다는 문제지. 사람들은 꿈을 키우잖아? 알려지지 않은 땅을 개척해 나가는 포장마차들……. A급 서부 영화건 B급이건, 아니면 심지어 C급이건, 그걸 보는 사람은 늘 이랬다고, 아주 똑같았다고 느끼면서 우쭐해하고, 어쩌면 약간 위로도 받지. 난 그렇게 생각해."

"그래. 그런지도 모르지……." 마리가 말했다.

하지만 욘나는 거듭 몰아붙였다. 마리가 단순히 반복이라고, 언제나 똑같다는 지적은 부당하다고, 그건 사실 마리의 소설도 마찬가지라고 말했다. 언제나 같은 주제라고. 이제 삼분 뒤에 영화가 시작하니 어서 커튼을 치라고.

마리는 담요를 바닥에 떨어뜨리고 아주 느릿느릿하게 말했다. "난 가서 자는 편이 낫겠어."

잠이 오지 않았다. '지금쯤 붉은 산을 지나 말을 달리겠지. 하하. 이제 술집에서 포커를 하겠지. 컨트리 음악이 들리고……. 바에서는 총으로 병을 맞히겠지. 여자들은 비명을 지를 거야. 위층으로 올라가는 계단이 우르릉 퉁탕 무너지고…….'

마리는 트럼펫 소리에 잠이 깼고, 바로 알 수 있었다. 영화는 용감한 남자들이 마지막 보루에 남는 장면까지 나아

갔으리라. 원주민들하고는 좀 정리를 했는지도 모르지. 모든 사람이 모든 사람을 용서하고(죽은 사람들은 빼고!), 이제 「나의 사랑 클레멘타인」을 연주하는구나. 여자 주인공은 자기가 이 제껏 누구를 사랑했는지 겨우 깨달은 것이다.

이제 욘나는 텔레비전을 끄고 비디오테이프를 되감고 있다. 이를 닦고 아무 말 없이 잠자리에 든다.

마리는 물었다. "괜찮았어?"

"아니. 그래도 보관은 할 거야."

"어쨌건 「나의 사랑 클레멘타인」 부분은 마음에 들어." 마리가 말했다. "늘 같은 멜로디를 사용하지만, 그래도 어딘 가 멋져."

욘나는 창가로 가서, 눈이 비치지 않도록 창문을 닫았다. 방 안은 매우 편안했다.

잠들기 전에 마리는 그 B급 서부 영화를 다른 날 저녁 에 다시 볼 수 있을지 물었고, 욘나는 그럴 수 있으리라고 말했다.

대도시 피닉스에서

애리조나를 가로지르는 긴 버스 여행의 끝에 욘나와 마리는 저녁 늦게 피닉스라는 큰 도시에 도착했고, 버스 터미널 근처에서 제일 먼저 눈에 띈 호텔로 들어갔다. 이름은 마제스틱 호텔이었고, 낡았으면서도 허세스러운, 1910년대에 지어진 육중한 건물이었다. 프런트에는 먼지 쌓인 종려나무 아래로 긴 마호가니 테이블이 여럿 있었고, 컴컴한 위층으로 올라가는 넓은 계단도 보였다. 그리고 벨벳을 씌운 딱딱한 소파가 몇 개 있었다. 흰머리가 살짝 얹힌 호텔 직원을 제외하고는 모든 것이 너무나 컸다. 그 직원은 두 사람에게 방 열쇠와 서류를 주면서 말했다. "엘리베이터는 이십 분 후께기가 유행히니다."

엘리베이터를 맡은 노인은 앉아서 자고 있었다. 투숙객을 맞이하는 직원보다 나이가 더 많았다. 그는 3층 버튼을 누르더니 다시 원래의 벨벳 의자에 앉았다. 청동으로 된 새장 모양의 엘리베이터는 딸그랑거리며 아주 느릿느릿 움직였다.

욘나와 마리는 객실에 도착했다. 가구가 너무 많은, 생기 없이 황량한 방이었다. 둘은 짐도 풀지 않은 채 잠자리에 들었지만, 잠은 오지 않았다. 사막과 눈 쌓인 산과 이름 모를 도시와 하얀 소금 호수, 다시는 돌아갈 일도 없고 전혀 알지도 못하는 중간 정거장들, 속속 바뀌던 풍경이 자꾸만 되살아났다. 여행은 계속되었고, 매 순간은 뒤로 지나갔다. 회색 그레이하운드 버스에서 지낸 한 시간 한 시간, 긴 하루였다.

"자?" 욘나가 물었다.

"아니."

"여기서 필름을 현상할 수 있을 거야. 한 달 동안 마구 찍어 댔는데, 이게 어떻게 되었는지 전혀 모르잖아."

"버스에서 창밖을 찍은 게 잘한 일이었을까? 너무 빨리 지나가서 흔들렸을 것 같아."

"그렇긴 하지." 욘나가 대꾸하고는 잠시 후 다시 말을 이었다. "하지만 너무 아름다웠어."

둘은 현상소에 필름을 맡겼다. 며칠 걸린다고 한다.

"왜 이렇게 시내에 사람이 없지요?" 마리가 물었다.

"사람이 없다고요?" 카운터 뒤에 서 있던 남자가 말했다. "딱히 생각해 본 적은 없지만, 아마 사람들이 대개 교외에 살면서 시내로 출퇴근하기 때문이겠지요."

방으로 돌아온 욘나와 마리는 무언가 달라졌음을 눈치챘다. 자잘한 변화였지만 방 전체가 달라졌다. 이것이 눈에 보이지 않는, 객실 청소를 맡고 있는 베리티와의 첫 만남이었다. 객실에서 베리티의 존재감은 대단했다. 어디에서나 느껴지는 그의 손길은 여행 중인 이들의 인생을 나름대로 온통 뒤집어 놓았다. 베리티는 분명 완벽주인자인 동시에 상당한 개인주의자여서, 욘나와 마리의 짐을 장난스럽지만 대칭이 맞도록 정리했다. 둘의 짐들을 풀어서는 장 위에 줄 세워 놓았는데, 각각의 배치에는 아이러니가 도사리고 있었다. 슬리퍼는 서로 코를 맞대고 있었고, 잠옷 소매는 서로 손을 잡도록 놓여 있었다. 베개에는 베리티가 찾아낸 마음에 드는 책들, 어쩌면 마음에 들지 않는 책들의 한 페이지를 펼쳐 놓았고, 데스 밸리에서 가져온 돌로 눌러 두었다. 이 못생긴 돌들이 재미있다고 생각한 모양이었다. 방에는 나름의 얼굴이 생겼다.

욘나가 말했다. "누가 우리에게 장난을 치네."

다음 날 저녁에는 미국 원주민 기념품으로 거울이 장식되어 있었다. 베리티는 세탁과 다리미질이 필요하다고 여겨지는 모든 것들을 빨고 다려서는 대칭되도록 쌓아 놓았고, 테이블 가운데에는 커다란 조화 꽃다발을 꽂았다. 둘이 기억하기로는 프런트를 장식하던 꽃이었다. 마리가 말했다. "방마다 이렇게 하는지, 손님들을 즐겁게 하려고 이러는지, 자기가 재미있으려고 그러는지 궁금하네. 어디서 이런 시간이 나지? 혹시 그냥 다른 청소 직원들을 놀리는 걸까?"

"알게 되겠지." 욘나가 말했다. 복도에서 만난 베리티는 체격이 크고 볼은 붉었으며, 머리숱이 풍성하고 검었다. 베리티는 큰 소리로 웃으면서 말했다. "내가 베리티예요! 놀랐어요?"

"많이 놀랐어요." 욘나가 순순히 대답했다. "무슨 이유로 그렇게 장난을 치시는지 궁금했지요."

"두 분이 재미있을 것 같다고 생각했어요." 베리티가 대답했다.

그렇게 두 사람은 베리티와 자연스럽게 가까워졌다. 베리티는 매일같이 욘나의 사진들이 잘 나왔는지 알고 싶어 했다. 하지만 아직 현상되지 않았다. 욘나와 마리가 투손으로 여행을 이어 가려면 아직 일주일은 기다려야 할 것이다.

베리티는 놀랐다. "왜 하필 투손이에요? 다른 도시랑 똑같은 평범한 도시인데, 그저 지도에서 제일 가깝다고 가는 거예요? 왜 계속 돌아다녀야 하지요? 여기나 저기나 대체 무슨 차이예요? 두 분은 건강히 잘 지내고, 또 함께잖아요. 지금은 나까지 있고요. 그리고 여기 투숙객들을 만나 봐야 해요. 제대로 어울리기만 하면 흥미로울 거예요."

"투숙객이요?"

"당연히 퇴직자들 이야기죠. 두 분도 퇴직하신 거 아닌가요? 아니라면 왜 마제스틱 호텔에 오겠어요?"

"별소리를 다 하시네요." 욘나가 조금은 퉁명스럽게 대꾸하고는 계단으로 향했다.

베리티가 말했다. "엘리베이터 안 타요? 앨버트는 사람들이 자기 엘리베이터를 이용하는 걸 좋아해요. 저도 내려갈 거고요."

"앨버트, 잘 지내요? 다리는 어때요?" 베리티가 물었다. "왼쪽은 좀 나은데." 앨버트가 대답했다.

"생일은 어떻게 되고 있어요?"

"아직 모르지만, 내내 그 생각만 하고 있지." 프런트에 내려온 베리티가 설명했다. "앨버트는 여든이 되는데, 온통 그 생일 걱정뿐이죠. 투숙객들을 다 초대해야 할까, 좋아하는 사람들만 초대하면 다른 사람들의 마음이 상할까. 그런데 오늘 저녁에 뭐 재미난 거 좀 하실래요? 하긴, 마제스틱에서는 다들 일찍 자니까……."

"우리는 달라요." 욘나가 말했다. "하지만 여기 시내는 저녁에 사람이 없고 조용해요. 잘 아시잖아요."

베리티는 욘나를 잠시 진지하게 바라보았다. "관광객처

럼 말하지 말아요. 애니의 바에 데리고 갈게요. 저는 일이 끝나면 따라가고요."

아주 작은 바였다. 좁고 길쭉했는데, 깊은 안쪽에는 당구대가 있었다. 애니가 직접 음료를 따라 주었고, 주크박스에서는 연신 음악이 흘러나왔다. 사람들이 연거푸 들어오며 마치 한 시간 전에 만났던 듯 인사를 나누었다. 정말로 만났었는지도 모르겠다. 손님들 중에 여성은 없었다.

베리티가 말했다. "애니의 바나나 음료를 마셔 봐요. 애니 스페셜도요. 애니가 낼 거예요. 음료가 마음에 든다고 말하세요. 그럼 이어서 제대로 된 마실 거리를 줄 거예요. 애니는 저하고 친하죠. 애가 둘인데, 혼자 키우고 있어요."

"서비스예요." 애니가 말했다. "어디에서 오셨어요? 핀란드라고요? 거기서는 외국에 못 나가는 줄 알았는데……." 애니는 새로 들어오는 손님들을 향해 웃어 보였다. 그러고는 또 그들에게 바나나 스페셜을 주려고 했다. 핀란드를 위해서 건배를 하자며.

베리티가 말했다. "애니, 그러려면 보드카가 있어야 할 것 같아. 안 그래?"

누군가가 최신 유행곡 「A Horse with No Name」*을 틀

---

* 미국의 포크록 밴드 아메리카의 히트곡.

었다. 애니는 보드카를 세 개의 작은 잔에 따르고 잠시 눈을 들더니, 자기 술은 다른 잔에 몰래 따르고서 다른 손님들에게로 사라졌다. 욘나는 녹음기를 열었고, 오른쪽의 카우보이 모자를 쓴 사람이 외쳤다. "헤이, 애니, 이 사람들이 우리 음악을 훔치고 있어!"

"마음에 드나 보지!" 애니가 맞받아서 외쳤다. "지금 일은 좀 어때?"

"되는 게 없어. 아이들은?"

"잘 지내. 빌리는 후두염을 앓았고, 존도 슬슬 걸리는 중이지. 애 보는 사람은 대체 구할 수 없고……."

카운터에는 사람이 몰리면서 차차 복잡해졌다.

"숙녀분들에게 자리 좀 내줘!" 애니가 외쳤다. "핀란드에서 오신 분들이야!"

베리티는 카우보이 모자를 쓴 사람에게 향하더니, 새 친구들이 온갖 별난 일들을 하고, 심지어 선인장 공원을 보러 멀리까지 나갔었다고 신이 나서 이야기했다. "이해가 돼? 꽃도 안 피는 선인장을 말이야! 그리고 입장료까지 내야 하는데!"

"저런, 저런." 카우보이 모자를 쓴 사람이 걱정스레 말했다. "순 잡초지. 지난주엔 로빈슨 집에서 산더미처럼 다 뽑았어. 그런데 돈은 얼마 안 주더구먼."

"재미난 걸 보여 드리죠." 왼쪽에 서 있던 사람이 말했다. "보세요. 작고 훌륭한 물건이라 잘 팔릴 거 같은데, 좀체 팔리지 않죠." 그는 플라스틱으로 만든 개 세 마리를 카운터 위에 놓았다. 하나는 분홍색, 하나는 초록색, 하나는 노란색인 개들이 나란히 행진을 시작했고, 초록색 개가 가장 앞섰다. 마리는 욘나를 바라보았지만 욘나는 고개를 흔들었다. '아니, 팔려고 저러는 건 아니야. 그냥 재미있으라고 하는 거지.'라는 뜻이었다.

와글거리는 친절한 사람들, 주크박스, 애니의 바 한쪽 장막으로 가려진 부분에서 들려오는 당구공 소리, 그리고 편안하게 흘러가는 대화 중에 갑자기 터지는 웃음, 무언가에 반대하거나 좀 더 설명하려고 높아진 목소리, 바에 들어와서도 어떻게든 계속 자리를 찾는 사람들. 애니는 정신이 나간 듯 일했지만 초조해 보이지는 않았다. 익숙한 미소를 짓고 있었고, 바쁘지만 시간이 부족하지는 않았다.

셋은 바를 떠나서 호텔로 걸어갔다. 큰길에는 사람이 없었고, 불을 밝힌 창문도 별로 없었다.

"선인장 공원이라." 마리가 말했다. "그게 무슨 웃을 일이에요? 많이 생각해서 정성껏 꾸민 정원이었는데! 모래, 또 모래투성이에, 식물은 다 가시투성이이고 잿빛이었지만요. 동상처럼 큰 것도 있고, 사람들 발에 밟히지 않도록 울타리를 처야 할 만큼 작은 것도 있었어요. 다들 명함에 이름을 붙여 두었지요. 용감하게 만든 정원이었어요." 그러고는 덧붙였다. "베리티, 당신도 용기 있는 사람이에요."

"무슨 말이에요?"

"이 도시 말이에요. 그리고 호텔요."

베리티가 물었다. "왜 모든 일에 그렇게 심각한가요? 선 인장은 모래를 좋아해서 거기 잘 적응했을 뿐이고, 최고로 잘 살아요. 명함이라니, 참 바보 같죠! 그리고 저는 괜찮아요. 마 제스틱의 영감들, 그들의 수작과 허튼짓들도 다 알아요. 애니 도 알고, 이제는 당신들도 알고요. 전 부족한 게 없다고요. 그 리고 사람은 어쩌다 보면 피닉스 같은 데에 살게 될 수도 있 지요. 아닌가요? 거기에 뭐가 그리 특별한 게 있나요?"

이들이 들어오자 프런트 직원이 잠에서 깨었다.

"베리티, 오늘은 계단을 이용해야 해. 하지만 내일이면 엘리베이터가 다시 다닐 거야."

엘리베이터는 검정 리본으로 장식되어 있었다. 계단을 오르며 베리티가 상황을 설명했다. "앨버트가 오후에 세상을 떠났어요. 2층에서요. 그래서 그 사람을 추모하는 거지요."

"저런, 어떡해요." 마리가 답했다. "안타까운 일이네요."

"안타까워할 필요 없어요. 그렇게 염려하던 생일 파티를 피했잖아요. 욘나, 사진은 언제 나오나요?"

"내일요."

"그럼 투손으로 계속 여행하나요?"

"네."

"투손에 애니의 바 같은 데는 없을 거예요. 그 도시에 대해 별로 안 좋은 이야기를 들었어요. 정말이에요."

객실에서 베리티는 눈에 보이는 모든 신발을 방문 쪽으로 행진하도록 세워 두고는, 꽃병을 뒤집어 놓았다. 커튼을 치고 여행 가방은 열어 놓은 채. 베리티의 뜻은 분명했다.

다음 날, 욘나의 필름은 현상을 마쳤다. 애리조나를 가로지르는 버스 여행의 흔적을 사진관의 커다란 모니터로 볼 수 있었다. 가게 주인이 관광객들을 위해서 카운터에 설치해 놓은 작은 기기였다. 욘나와 마리는 말없이 화면을 바라보았다. 참담했다. 전신주, 소나무, 울타리, 온갖 풍경이 뒤섞인 사진들은 뭔지 모르게 번개처럼 스쳐 가며, 뒤집어졌다가는 다시 똑바로 서고 또다시 지나갔다. 아무것도 알아볼 수 없었다.

"고맙습니다." 욘나가 말했다. "이 정도면 괜찮을 거 같아요. 이 사진기를 사용한 지 얼마 안 되었거든요."

가게 주인은 욘나에게 미소를 지었다.

"하지만 그랜드 캐니언을 조금이라도 볼 수 없을까요?" 마리가 말했다.

그러자 그랜드 캐니언이 화염처럼 붉은 장엄한 일출과 함께 눈앞에 드러났다. 욘나는 카메라를 가만히 붙들고 기다렸다. 아름다웠다.

둘은 호텔로 돌아갔고, 복도에서 만난 베리티는 물었다. "잘 나왔어요?"

"아주 잘 나왔어요." 마리가 말했다.

"내일은 정말 투손으로 갈 거고요?"

"네."

"투손은 끔찍한 도시예요. 정말이라고요. 찍을 게 아무것도 없어요." 베리티는 급히 몸을 돌려 복도로 향하면서 어깨 뒤로 외쳤다. "저녁에 애니 가게에서 봐요!"

애니의 바는 평소 그대로였다. 단골들이 와 있었고, 무심하지만 따뜻하게 인사를 해 주었다. 이날은 다들 바나나 스페셜을 서비스로 받았다. 사람들은 한참 동안 당구를 쳤고, 주크박스에서는 「A Horse with No Name」이 흘러나왔다.

"여기는 그대로네요." 마리가 베리티에게 미소 지으며 말했다. 하지만 베리티는 이야기할 기분이 아니었다. 플라스틱 개를 가지고 있던 사람도 와 있었다. 초록색, 분홍색, 노란색 개는 카운터 위에서 달리기를 시작했다. "가지고 가세요." 그가 말했다. "지루해질 때면 내기하기에 좋아요."

돌아오는 길에 베리티가 말했다. "애니에게 존이 후두

염에 걸렸는지 묻는 걸 잊었네요. 버스 출발 시각은 몇 시지요?"

"8시예요."

마제스틱 호텔에 도착하자 소방차가 빈 도로를 가로질렀다. 바람이 불기는 했지만 아주 따뜻한 밤이었다.

베리티가 말했다. "이제 작별을 하고 끝낼까요?"

"그래요." 욘나가 말했다.

호텔 객실에서 욘나는 녹음기를 틀고 말했다. "들어 봐. 괜찮을 거야."

사람들의 말소리를 뚫고 들려오는 주크박스의 음악, 애니의 또렷한 목소리, 당구공 소리, 계산대의 땡그랑 소리, 그리고 잠시의 공백. 셋이 보도를 걷는 발소리. 소방차, 이윽고 적막.

"왜 우는 거야?" 욘나가 말했다.

"모르겠어. 소방차 때문인지도 모르지……."

욘나가 말했다. "투손에 가면 베리티에게 예쁜 카드를 보내자. 애니에게도 보내고."

"투손에는 예쁜 엽서 없어! 끔찍한 곳이지!"

"그럼 여기 좀 머무를 수도 있어."

"아니, 그건 안 돼. 반복할 수는 없지. 그건 잘못된 결말이야." 마리가 말했다.

"아이고, 작가들이란!" 욘나가 다음 날 먹을 비타민을 작은 유리병 두 개에 나누어 담으며 탄식했다.

블라디슬라프

눈이 일찍 내렸다. 11월 말에 벌써 폭풍이 치고 눈송이가 날렸다. 마리는 블라디슬라프 레니에비치를 맞이하러 기차역에 나갔다. 폴란드 우치에서 출발하여 레닌그라드*를 거치는 긴긴 여행의 준비는 몇 달이나 걸렸고, 신청서와 추천서와 보고서가 의심 많은 온갖 관청들을 느릿느릿 돌아다녔다. 마리가 받은 편지들에서는 점점 짜증이 묻어났다. "절망입니다. 백치들은 자기가 누구의 발목을 잡고 있는지 이해하지 못하나 봐요. 인형극의 장인이라 불리는 사람인데 말예요! 여하튼 아직 만나지 못한 벗에게 말씀드리건대, 장차 우리는 예술

*   현재 러시아의 상트페테르부르크.

의 가장 내면적인 부분에 대해 자유롭게 이야기를 나눌 겁니다. 저를 알아보실 수 있도록 단춧구멍에 붉은 카네이션을 꽂고 갈 테니 잊지 마세요! 그때 만납시다!"

기차가 도착했고, 그는 가장 먼저 내린 사람들 사이에 섞여 있었다. 키카 크고 마른 체격에 검은 외투를 입고, 모자는 쓰지 않은 채 흰머리를 바람에 날리면서 말이다. 너무나 독특한 모습이라, 카네이션이 없었어도 블라디슬라프라고 알아볼 수 있었을 터다. 하지만 마리는 블라디슬라프가 그렇게 나이 들었다는 데 놀랐다. 정말 나이가 많았다. 그의 편지는 한결같이 젊은이의 혈기로 들끓었고, 과장된 형용사투성이였다. 게다가 그는 마리가 쓴 것이나 쓰지 않은 것들로 쉬이 상심해 버려서 큰 문제였다. 그는 더러 "어조"에 대해 이야기했다. 마리의 어조가 부적절하다고……. 그리고 마리가 둘의 공동 작업에 온전히 주의를 기울이지 않는다고. 오해는 모조리 풀어야 했고, 낱낱이 분석해야 했으며, 둘 사이의 모든 일이 수정처럼 분명하고 순수해야 했다. 현관 바닥으로 날아드는 온갖 편지들, 마리의 이름과 주소가 크고 굵은 글씨로 봉투 전면에 쓰인 편지들…….

"블라디슬라프!" 마리가 외쳤다. "오셨군요! 결국 오셨어요!"

블라디슬라프는 길고 유연한 걸음걸이로 선로를 건너와

서는 아주 조심스레 가방을 내려놓더니, 마리 앞에서 눈 위에 무릎을 꿇었다. 깊이 주름진 나이 든 얼굴에는 코가 툭 튀어나와 있었다. 그리고 커다란 검정 눈동자는 놀랍게도 젊은 날의 반짝임을 조금도 잃지 않은 듯했다…….

"블라디슬라프, 나의 친구!" 마리가 말했다. "부탁이에요. 일어나세요." 그는 상자를 열고 붉은 카네이션 한 아름을 마리의 발밑에 흩뿌렸다. 바람이 꽃잎을 선로 위로 날렸고, 마리는 꽃을 주워 모으려고 몸을 굽혔다. "아니, 그냥 두어요." 블라디슬라프가 말했다. "핀란드의 전설께 바치는 거예요. 블라디슬라프 레니에비치가 여기를 지났다는 증거고요." 그는 일어나서 짐을 들고는 마리에게 팔을 내밀었다.

"실례합니다." 한 승객이 말했다. 여우 가죽 모자를 쓴 친절한 여자였다. "죄송하지만, 저 예쁜 꽃들을 다 눈 속에 버려 두실 생각은 아니죠?"

"잘 모르겠어요." 매우 난처해진 마리가 대답했다. "감사해요. 하지만 가야 할 것 같아요…….'

이윽고 집에 도착한 마리는 문을 열고 말했다. "어서 오세요."

블라디슬라프는 가방을 내려놓았다. 여전히 매우 조심스러웠다. 그는 지금 어디에 들어왔는지 아무 관심도 없는 듯했고, 별로 주위를 돌아보지도 않았다. 심지어 긴 검정 코트를 벗으려고 하지도 않았다. "잠깐만요. 대사관에 전화를 좀 해야 해요."

통화는 길지 않았지만 꽤 격했다. 마리가 듣기에 그는 실망했고, 전화를 끊기 직전에는 상대를 얕잡아 보며 뻐기는 양 들렸다.

"자, 친구." 블라디슬라프가 말했다. "코트를 받아 주셔도 돼요. 나는 여기, 이 집에 묵을 것 같군요."

오후가 되자 마리는 다락을 가로질러 욘나에게 갔다. "욘나, 그분이 왔는데 여기 오는 내내 먹은 게 없어. 지금은 너무 들떠서 아무것도 못 먹어. 어쩌면 아이스크림은 먹을 수 있을지도 모르겠다고……."

"침착해." 욘나가 말했다. "어디에 묵지?"

"우리 집에서. 호텔은 안 돼. 너무 고고하셔서. 그리고 적어도 아흔은 됐을 거고, 밤새 예술에 대해 이야기하겠대. 잠은 단 몇 시간만 잔다고……."

"충분히 그럴 것 같네." 욘나가 말했다. "갈수록 태산이네. 그 사람이 마음에 들어?"

"아주." 마리가 말했다.

"잘됐네. 난 어차피 장을 보러 갈 참이었어. 아이스크림을 사서 잠깐 들를게. 스테이크도 두 조각 사고. 저녁 늦게는 뭘 좀 먹을 생각이 날지도 모르지."

"그런데 벨은 누르지 말고 문 앞에 놓아 줘. 그리고 감자도 다 떨어졌어."

블라디슬라프와 마리는 아이스크림을 먹고 차를 마셨다.

"여행 이야기를 들려주시겠어요?"

"끔찍했지요." 그의 말문이 터졌다. "얼굴, 또 얼굴, 그리고 그 사람들의 손! 표정도 의미도 없지요. 난 이미 다 아니까, 그런 원재료는 필요 없어요. 나는 최고조의 표현력을 지닌 얼굴도 만들 수 있고, 단순화할 줄도, 바라보기가 힘겨울 정도로 마리오네트의 얼굴에 뉘앙스를 부여할 줄도 알아요. 내 친구, 당신은 이런저런 인물들을 창조했어요. 그런데 미안하지만, 그 인물들은 말을 하지 않아요. 손들도 나에게 아무 말도 하지 않고요. 하지만 나는 그들에게 생명을 주었어요. 그들을 데려가서 생명을 주었다고요."

"아니 뭐, 더 이상은 제 인물은 아니지요." 마리가 말했다.

블라디슬라프는 귀를 기울이지 않았고, 계속 떠들어 댔다. "연극, 인형극. 그게 뭔지 알아요? 삶이에요. 폭력적인 삶에서 본질 외에는 영영 없애고 단순하게 하는 거지요. 잘 들어 봐요. 아이디어가 생겨요. 아주 작은 한 조각의 아이디어지만 나는 생각하고, 느끼고, 발전시키지요!" 그는 펄쩍 뛰어오르더니 방 안을 서성이기 시작했다. 넓은 보폭, 춤추는 듯

한 걸음걸이로. "아니, 아무 말도 하지 말아요. 그런데 제가 발견한 것은 ─ 제가 핀란드의 전설이라고 부르는 그 무엇의, 소박한 옛이야기의 한 조각을 발견한 거지요. 난 그 조각을 다이아몬드처럼 빛나게 갈고닦았습니다! 차는 좀 더 있나요?"

"지금은 없어요." 마리가 대답했다. "다 식었어요. 러시아 주전자를 쓰세요."

마리는 편수 냄비에 물을 붓고 불을 켰다. 그리고 말했다. "시간이 좀 걸려요."

블라디슬라프가 지적했다. "마음에 드는 어조가 아니네요."

"계약에 따르면……." 하고 마리가 조심스레 말을 시작했지만 블라디슬라프가 바로 가로막았다. "저를 놀라게 하시네요. 저하고 계약 이야기를 하시나요? 예술가라면 신경 쓸 필요 없는 귀찮고 사소한 거죠!"

마리가 외쳤다. "내 말을 좀 들어 보세요! 저의 승인이 필요한 사안이라고요! 다 제 거잖아요. 제 거였어요. 그리고 저녁 식사 준비는 언제야 시작할 수 있을까요?"

블라디슬라프는 연신 걸었다. 앞으로 뒤로. 그러더니 마침내 말했다. "마리는 아무것도 모르세요. 이제 겨우 일흔이시잖아요. 아무것도 배운 게 없으세요. 나는 아흔둘이에요. 그것만 봐도 모르겠어요?"

"아흔둘의 나이를 아주 자랑스럽게 여기신다는 걸 알겠네요! 그리고 당신은 다른 사람의 작업을 존중하는 방법을 못 배우셨다고요!"

"훌륭해요!" 블라디슬라프가 외쳤다. "화를 낼 줄도 아시는군요. 좋아요, 아주 좋아요. 하지만 마리의 인물들은 그 분노도, 다른 무엇도 가지지 못했어요. 그러니까 말을 하지 않는다는 거예요! 훌륭하게 묘사된 옛이야기의 인물들이지만, 그저 바보들이에요. 그들의 눈을, 손을, 초라한 손들을 보라고요. 잠깐만요. 뭘 좀 보여 드릴게요." 그는 급히 일어나서는 가방 쪽으로 향했다.

양말과 속옷과 사진과 뭔지 모를 온갖 물건들 사이에 작은 꾸러미들이 헤아릴 수도 없을 만큼 들어 있었고, 하나하나 솜으로 꽁꽁 싸서 고무줄로 묶어 두었다.

"자, 봐요." 블라디슬라프가 말했다. "내가 만든 손들이에요. 아직 시간이 있을 때 배우세요. 제가 만든 얼굴들을 만져 보면 배울 게 더 많겠지만, 이것만 봐도, 무게가 없는 선에서는 조소적 요소를 전혀 찾을 수 없음을 깨닫게 될 거예요. 찻잔을 치우고 테이블을 다 비워 주세요. 깨끗하게요. 차가 너무 연하네요."

그는 손 조각을 하나씩 풀어서 마리 앞에 늘어놓았고, 마리는 말없이 바라보았다.

정말 아름다운 손들이었다. 소심한 손, 탐욕스러운 손, 거절하는 손, 청하는 손, 용서하는 손, 분노하는 손, 부드러운 손. 마리는 이 손들을 하나씩 들어 보았다.

밤이 늦었다. 결국 마리는 승복했다. "네, 알겠어요." 그러고는 잠시 끊었다가 말했다. "이 안에는 모든 것이 들어 있군요. 동정심도요. 블라디슬라프, 한 가지만 여쭈어보아도 될까요? 기차를 타고 긴 여행을 할 때, 원재료라고 하신 손과 얼굴 들을 볼 때 안타깝지 않았나요?"

"아니요." 블라디슬라프가 말했다. "나는 이제 시간이 없어요. 이미 말했지만, 나는 이미 안다고요. 나는 내 얼굴을 잊어버렸어요. 이미 사용했으니까요."

마리는 주방에 가서 찻물을 끓이던 불을 잠그고 말했다. "그래서요?"

"나는 계속할 수밖에 없어요. 오직 나의 지식과 통찰만 가지고요. 하지만 아직까지 죽음의 얼굴을 사용하는 데는 성공하지 못했지요. 도통 잘되지 않았어요. 너무 분명해지지요. 죽음을 남성이라고 생각했는데, 혹시 여성일까요? 어쨌건 죽음은 내가 늘 관심을 두고 있는 도전이지요. 마리는 죽음에 대해서 뭘 알지요? 어떻게 생각하시나요? 큰 고민을 해 본 적이 있나요?"

"블라디슬라프, 지금 밤 3시라는 걸 알고 있나요?" 마리가 말했다.

"상관없어요. 밤을 이용해야지요. 친구, 죽음의 얼굴에 대해 깊이 생각해 보지 않으셨군요. 왜 그런지 아세요? 언제나 온 힘을 다해서 살지 않기 때문이에요. 승리했다고 믿는 자아가 시간보다 앞으로 달려 나가서 시간을 마중하고 시간을 얕잡아 보니까요. 나는 언제나 깨어 있어요. 잠깐 꿈을 꿀 때에도 늘 일을 계속하지요. 아무것도 놓칠 수 없어요."

"네, 블라디슬라프, 그래요." 대단히 지친 마리가 대꾸했다. 피곤해서 더 이상 귀를 기울일 수 없었던 마리는 그가 분명 예전에 아주 멋있었으리라고 말했다.

그는 진지하게 대답했다. "아주. 너무나 멋있어서 길거리 사람들이 멈추어 서서 돌아볼 정도였지요. '세상에!' 하는 소리가 들렸어요."

"아주 기뻤겠네요."

"그래요. 기분 좋았지요. 안 그럴 수 없었어요. 하지만 그 모든 것들이 내 작업 시간을 빼앗아 갔지요. 나는 느낌이 관찰을 지배하도록 허용했어요. 너무 자주요." 블라디슬라프는 한참 침묵하더니 말했다. "이제 슬슬 식사로 하루를 마칠 수 있겠네요. 스테이크 이야기를 하지 않았나요?"

밤 4시쯤에 우편함 구멍으로 아침 신문이 왔다.

"피곤해요?" 블라디슬라프가 물었다.

"네."

"그럼 더 긴 말은 하지 않겠어요. 한 가지만 더 이야기하지요. 그러니 주의를 온전히 기울여서 들어 주어야 해요. 사실 중요한 건 이것 한 가지예요. 지치지 않고 무관심해지지 않을 것, 귀중한 호기심을 잃지 않을 것. 그건 스스로에게 죽음을 허용하는 거니까요. 이렇게 단순하답니다. 맞지요?"

마리는 그를 바라보고, 대답 없이 미소 지었다.

블라디슬라프는 마리의 손을 잡고 말했다. "우리에겐 두 주일밖에 시간이 없어요. 그러니 우리가 할 이야기, 해야 하는 이야기의 작은 한 부분밖에 나누지 못할 거예요. 하지만 슬퍼하지 말아요. 밤이 우리를 도와줄 거니까요. 이제 잠을 자요. 일어났을 때 내가 없더라도 놀라지 마세요. 아침 산책을 하는 거니까요. 이 도시는 꽤 시골스럽지만, 그래도 바닷가네요. 꽃집은 언제 열지요?"

"9시에 열어요." 마리가 말했다. "빨간색이 좋아지기 시작했어요."

불꽃놀이

"안경 찾아?" 욘나가 작업에서 눈도 돌리지 않고 묻더니 잠시 후에 덧붙였다. "주머니는 다 뒤져 봤어? 저번에는 욕실에 있었잖아."

마리는 아무 말도 하지 않았다. 아틀리에에서 서재로 향하던 발소리는 다시 돌아왔고, 침실로, 현관으로 이어졌다.

"뭘 찾는지 말해 봐."

"음, 무슨 종이야. 편지. 중요한 거 아니야."

욘나는 일어나서 서재로 가더니 책상 밑을 보았다. 글씨가 빼곡한 하늘색 종이 몇 장이 있었다.

"양면을 다 쓰고서 페이지도 안 매겼어." 마리가 말했다. "잠시 이야기할 시간 있어?"

"없어." 욘나가 상냥하게 말했다. 마리는 종이를 주워 모았다.

"그래서 바라는 게 뭔데." 욘나가 말을 이었다. "요점 말이야."

"인생의 의미가 뭔지 알고 싶대." 마리가 말했다. "그리고 급하대."

욘나는 앉아서 기다렸다.

"내게 인생 경험이 있다고 생각하나 봐. 나이를 먹으면 생겨야 하는 그런 거. 뭐라고 대답하지?"

"그 사람은 몇 살인데?"

"얼마 안 돼. 50이 좀 덜 됐을걸."

"가엾은 마리." 욘나가 말했다. "모른다고 해."

"그럴 수는 없지. 심지어 당신 일이 가장 중요하다고 말할 수도 없어. 이 사람은 자기 직업을 싫어하거든."

"이름이 뭐야?"

"린네아."

"그냥 '사랑'이라고 하면 어때?"

"안 돼. 아주 외로운 사람이거든. 그 여자를 사랑하는 사람이 없어."

"그 여자가 마음 쓰는 사람이나, 돌봐 줄 사람도 없고?"

"내가 아는 한 없어."

"책은 읽어? 세상사에는 관심이 있어?"

"아닌 거 같아. 이제 취미는 있냐고 물을 거지? 취미도 없어. 종교도 없고."

"그래, 늘 있는 일이지. 항상 똑같아." 욘나가 말했다. "한번 인생의 의미가 무엇인지 죽 적어 봐. 그리고 복사를 해 놓으면 다음번에 또 쓸 수 있지. 미안하지만, 린네아의 편지는 네가 스스로 해결해야 할 문제인 것 같아."

"훌륭하네!" 마리가 외쳤다. "아주 고마워. 인생의 의미에 대해 개의치 않고, 설명할 필요도 없고 본 적도 만날 일도 없는 사람들에게서 곤란한 편지를 받지 않아도 되어서 참 좋겠어. 그리고 감사 편지나 조문 편지, 마음이 내키지 않는 초대를 사양하는 편지까지 남이 다 써 주고. 참 웃긴다."

욘나는 창을 등지고 서서 실내를 바라보다가 말했다. "그래, 그래. 하지만 이리 잠깐만 와 봐. 안개가 끼어서 항구 경치가 좋아."

항구는 정말로 아름다웠다. 큰 배들이 보일락 말락 정박해 있었고, 얼어붙은 먼 부두까지 검고 긴 길이 나 있었다.

"그렇게 아주 혼자라니." 마리가 말했다. "욘나, 그래도 조금만 도와줘 봐. 사소한 것들을 누리는 일에 대해서 쓸 수 없을까⋯⋯."

"무슨 뜻이야?"

"예컨대 봄이 다시 온다거나, 아니면 예쁜 과일을 사서 접시에 담는 것……. 아니면 엄청난 뇌우가 다가온다거나……."

"린네아는 뇌우를 안 좋아할 거 같은데." 욘나가 말했다. 그때 멀리 항구에서 소리 없이 불꽃놀이가 벌어졌다. 바로 겨울 하늘에 형형색색의 광채가 몇 초간 아름다움을 드러냈다가 다시 천천히 가라앉았고, 온갖 빛깔의 장미 형체가 뒤따랐다. 화려한 향연은 계속 반복되었고, 안개 탓에 좀 희미해지기는 했지만 그만큼 더 신비로웠다.

욘나가 말했다. "외국 유람선의 승객들에게 보여 주는 것 같아. 아주 멀잖아. 이제 흰색이네……. 항구가 이렇게 어두우니 흰색이 제일 예뻐."

잠자코 기다렸지만 더는 없었다.

"나는 이제 일을 좀 더 할게." 욘나가 말했다. "그렇게 걱정스러운 얼굴 하지 마. 린네아도 저 불꽃놀이를 보고 기운이 났을지도 모르잖아."

"린네아는 아닐 거야! 이웃 사람이 항구 전망을 다 가려 버린 침침한 농장에서 살고 있으니까……."

"이웃?"

"그래. 린네아가 뭘 해야 하고, 뭘 입어야 하고, 무슨 음식을 사야 하고, 세금 신고는 어떻게 해야 하고 등 간섭만 하는 이웃 사람."

"정말이야?" 욘나가 말했다. "이상한 일이네. 내가 보기에 그건 애정 표현 같은데. 그리고 나는 불쌍한 린네아가 불꽃놀이를 봤을 수도 있고, 잘 지내고 있을지도 모르겠다는 생각이 들어. 이제 편지를 쓰고 이 일을 끝내."

마리는 앉아서 편지를 썼다. 다 쓰고 나서 아틀리에로 돌아오더니 낭독을 해도 괜찮겠느냐고 물었다.

"안 읽으면 좋겠는데." 욘나가 말했다. "주스는 양념 선반에 준비해 뒀어. 다락 전등이 고장 났으니 손전등을 가지고 가. 내일 우체국에 갈 거야?"

"그래. 너에게 온 상자들을 찾아서 올까?"

"그건 너무 무거우니까 나중에 내가 가져올게. 하지만 오는 길에 토마토하고 치즈하고 가루비누 좀 사 올 수 있어? 겨자도. 적어 놓았어. 그리고 옷은 따뜻이 입어. 내일은 영하 10도까지 내려간대. 쪽지 잃어버리지 말고, 길도 조심해. 엄청 미끄러울 거야."

"그래, 그래, 그래." 마리가 말했다. "알아."

다락으로 가던 마리는 평소처럼 멈추어 서서 항구를 내다보았다. 사랑에 대해 아무것도 모르는 린네아에게로 잠시 생각이 흘러갔다.

묘지에 관하여

마리와 욘나가 먼 여행을 하던 해, 마리는 갑자기 묘지에 대한 관심이 커졌다. 어디에 가든지 묘지의 위치를 알아보았고, 그곳에 가 볼 때까지 안절부절못했다. 예상하지 못한 일이었지만 욘나는 이런 이상한 집착을 받아들였고, 이러다가 곧 지나가리라고 생각했다. 지난번에는 밀랍 인형 박물관이었고, 그 또한 별로 오래가지 않았으니까. 욘나는 순순히 따라다녔고, 무덤지기가 잘 꾸며 놓은 고요한 골목들을 오르락내리락했으며, 정지한 것 같은 사물들에는 사실 관심이 없었음에도, 여기저기서 조금씩 비디오를 찍었다. 날은 아주 더웠다.

"물론 아름답기는 하지." 욘나가 괜스레 말을 꺼냈다. "하지만 우리 나라 묘지가 훨씬 아름다운데, 너는 거기엔 안 가잖아."

"안 가지." 마리가 말했다. "거기는 우리가 아는 사람들만 묻혀 있잖아. 여기는 훨씬 거리감이 있고." 그러고는 다른 이야기를 했다.

하지만 마리가 찾은 묘지는 잊히고 수풀에 뒤덮혀 있었다. 마리는 신성한 지상에서 정글 놀이를 하듯 마구 뻗친 식물들 한가운데서 크게 만족스러워하며 한참을 머물렀다.

대서양을 향해 뻗어 나간 마지막 땅 한 조각, 일 드 상*에서도 똑같이 온전한 평화를 느낄 수 있었다. 무덤들은 수북이 쌓였다가 이내 바람에 날아가는 모래에 깊숙이 파묻혀 있었고, 소금물과 바닷바람이 열심히 지워 댄 비문을 간신히 읽을 수 있었다.

"그럼 폼페이는?" 욘나가 제안했다. "거기는 도시 전체가 하나의 묘지잖아? 텅 빈 데다가 다들 누구인지 알 수 없는 사람들이고."

"그렇지 않아." 마리가 말했다. "텅 빈 게 아니라고. 폼페이 어디를 가든 아직도 사람들이 있어."

코르시카섬의 포르토 베키오에 갔을 때 욘나가 물었다. "버스 타고 계속 갈까? 그러면 오늘 밤에 호텔에 들어갈 필요

---

*   프랑스 서쪽, 대서양에 위치한 섬.

가 없잖아?" 그러고는 잠시 마리를 바라보며 덧붙였다. "음, 좋을 대로. 묘지에 가야지."

그곳 무덤에는 묻힌 사람의 사진이 박혀 있었다. 경직된 채 어딘가를 응시하는 사진들은 조화에 둘러싸여 있었다.

호텔 방에서 마리는 그 광경의 인상을 들려주었다. "끔찍했어……. 그러면 더 진짜로, 그 사람들이 거기 있는 게 되잖아!"

욘나는 지도와 버스 시간표를 앞에 놓고 탁자에 앉았다. 메모를 하고, 생각해 보고, 계획을 세웠다. 그러다가 마리가 끔찍했다는 소리를 반복하자 욘나는 메모를 던져 버리면서 외쳤다. "끔찍하다, 끔찍하다고! 죽은 사람들은 그만 내버려 두고 산 사람처럼 행동해 보라고! 내 동행 노릇 좀 해 봐!"

마리가 말했다. "미안해. 나도 내가 왜 이러는지 모르겠어." 그리고 욘나는 말했다. "두고 보자. 괜찮아질 거야."

저녁에 욘나는 포르토에서, 도시 변두리의 좁은 골목에서 비디오를 찍었다. 더위 때문에 집집이 창문과 문이 열려 있었고, 해 질 녘에는 온통 붉은빛과 금빛이었다. 욘나는 길에서 노는 아이들을 찍었다. 욘나는 자신이 뭘 하는지 아이들이 알아채기 전에, 어색하게 행동하며 몰려와서 어릿광대처럼 장난치기 전에 최대한 잘 담아내고자 했다.

"쓸 만한 건 안 나올 거야." 욘나가 말했다. "아쉽네. 빛이 좋은데."

욘나가 코니카 카메라를 케이스에 넣었을 때, 한 소년이 자기가 그린 그림을 가지고 와서는 이걸 찍어 줄 수 있겠느냐고 물었다.

"그럼." 욘나는 아이에게 친절히 대답했다. "네가 그리는 모습을 찍을게."

"아니요. 그림만요." 아이가 단호히 대꾸하고는, 그림을 욘나 앞에 들어 보였다. 무슨 포장지에서 잘라 낸 것 같은 마분지에 굵은 사인펜으로 그린, 아주 강렬한 그림이었다.

"무덤이에요." 아이가 말했다.

사실이었다. 십자가와 화환, 눈물을 흘리는 사람들이 전부 있는 무덤이었다. 더 놀라운 부분은, 검은 땅과 이를 드러내고 지하에 누워 있는 사람을 묘사한 관의 절단면이었다. 무시무시한 그림이었다. 욘나는 그 그림을 찍었다.

"좋아요." 아이가 말했다. "이제 다시는 안 돌아오겠지요. 확실히 해 두려고요."

한 여자가 계단으로 나와서 아이를 부르며 말했다. "들어와! 또 바보짓 그만하고!" 그러고는 욘나와 마리를 향해서 물었다. "토마소 때문에 죄송해요. 늘 똑같은 그림을 그리는데, 벌써 일 년째랍니다."

"그림은 아빠인가요?"

"아니요. 불쌍한 형이지요."

"둘은 많이 가까웠나요?"

"전혀 아니에요." 여자가 대답했다. "토마소는 형을 좋아하지 않았어요. 조금도요. 전 이 아이를 이해할 수 없네요."

여자는 아이를 집으로 들여보냈다. 아이는 사라지기 전에 돌아보더니 말했다. "이제 형은 다시 안 돌아올 거예요!"

욘나와 마리는 골목을 걸었다. 황혼은 아직도 짙은 붉은빛이었다.

마리는 우두커니 따라 말했다. "이제 다시는 안 돌아오겠지……."

"붉은빛을 찍었어. 그리고 마분지를 바라보는 아이의 눈도. 장차 훌륭해질 거야."

둘은 다음 도시로 여행을 이어 갔고, 욘나는 묘지를 찾고자 지도를 펼쳤다.

"찾을 필요 없어." 마리가 말했다. "가고 싶은 마음이 사라졌어."

"어쩌다가?" 욘나가 물었다.

마리는 정말 모르겠다고, 그냥 불필요하게 느껴진다고 했다.

욘나의 제자

어느 가을에 욘나는 개인 지도 학생을 받았다. 미르야라는 이름의 여자 학생이었는데, 체격은 크고 보기 드물게 우울했으며 망토를 입고 예술가의 베레모를 쓰고 다녔다. 욘나는 미르야가 재능 있지만, 작업을 시작하기 전에 누구나 먼저 재료를 조심스럽게 다뤄야 함을 배워야 하고 거기에는 시간이 걸린다고 말했다. 미르야는 아직 판화용 잉크를 판 위에 묻힌 채 그냥 두었고, 판화 물감은 가운데부터 깊이 파서 썼으며, 솜 조각을 모슬린과 한번에 내버렸다. 도저히 있을 수 없는 일이었다.

"완전 처음부터 가르쳐야 할 것 같아." 욘나가 말했다. "미술이 얼마나 진지한 일인지 전혀 몰라. 그저 가진 재능으로 그릴 뿐이지."

마리가 물었다. "언제까지 너한테 와서 배우는 거야? 식사도 줘야 하는 거야?"

"아니, 아니. 커피만 주면 돼. 샌드위치 몇 개 정도. 늘 배고파하니까. 내가 공부하던 때 실컷 먹지 못했던 기억도 나고."

미르야가 오는 날, 욘나는 개인 교습 말고는 다른 일을 할 수 없었다. 마리는 자리를 비켜 주었지만 걱정스러웠다. 물론 욘나는 가르치는 일에 타고난 재능을 지녔다. 그 모든 일에 지쳐서 방해받지 않고 혼자 자기만의 일을 하기로 작정하기 전까지, 욘나는 미술 학교에서 여러 해 동안 열심히 가르쳤었다. 마리는 생각했다. '가르치는 거, 진짜로 가르칠 수 있는 능력, 그걸 갖고 있구나. 욘나는 그걸 좋아해. 알 것 같아. 자신의 지식을 전달해 주고, 배우는 사람이 그 일을 제대로 이어 나갈 수 있으리라고 믿는 것……' 어쨌건 마리는 미르야의 지나치게 예술가스러운 망토가 의심쩍었고, 때로는 수업이 어떻게 되어 가는지 물었다. 욘나는 짧게 대답했고, 적어도 학생이 동판을 조심스럽게 다루고 뒷정리를 하기 시작했다고 말했다.

"음식을 해 줘야 하는 건 아니지?"

"아니, 전에 말했잖아. 커피만 주면 돼."

어느 날 마리가 날짜를 혼동해서 욘나에게 펜치를 빌리러 갔더니, 마침 커피 타임이었다. 두 종류의 샐러드와 카망베르, 작은 파이들이 나와 있었고, 마리와 욘나가 다음 날 먹으려고 준비해 둔 스테이크도 우아하게 썰어서 파슬리 장식을 해 놓았다. 심지어 탁자에는 초까지 하나 밝혀 놓았다. 셋은 커피를 마셨다. 마리는 항의의 표시로 아무것도 먹지 않았다. 미르야는 전혀 말이 없었고, 슬슬 목탄으로 종이 냅킨에 그림을 그리기 시작했다.

"그건 뭔가요?" 마리가 물었다.

"스케치예요."

"아, 스케치. 미술 학교 생각이 나네요. 다들 가까운 데로 커피를 마시러 갔었지요. 자리에 앉아서 담뱃갑에 끄적이고는 큰 영감이 떠올랐다고 말하고들 했어요. 그래요, 참 그대로니까 좋네요."

욘나는 미르야를 바라보았다. "내가 만든 샐러드가 입에 맞아요? 집에 좀 가져가지 그래요?"

그렇게 샐러드는 플라스틱 그릇에 담겼고, 미르야는 치즈 반 토막과 라즈베리잼 한 병을 받았다. 미르야가 가고 나서 마리는 물었다. "저 사람은 미소 지을 줄 몰라?"

"몰라. 하지만 좀 나아지고 있어. 인내심을 가져야지."

마리가 말했다. "이렇게 계속 차려 주면 살찌겠는데? 얼마나 먹는지 봤어?"

"젊은 사람들은 늘 배가 고프지." 욘나가 잘라 말했다. "그리고 나도 젊었을 때엔 그만큼 수줍어했었어."

"하하!" 마리가 말했다. "미르야는 수줍은 게 아니야. 사교적이려고 노력하지 않을 뿐이지. 우울한 게 예술가적이라고 믿는 거야. 그 사람이 그린 것 좀 볼 수 있어?"

"아니, 안 돼. 아직 방향을 찾는 중이야."

마리는 점점 화가 났다. 셋이 커피를 마시는 일은 반복되었고 차차 불편해졌지만, 마리는 욘나가 학생의 버릇을 어떻게 망치는지 자기 눈으로 직접 봐야 했다. "미르야, 오늘은 춥네요. 왜 모자를 안 써요? 모자 쓰라고 했잖아요. 내 모자 빌려 가요.", "미르야, 꼭 봐야 할 전시의 목록을 만들어 봤어요.", "그 샐러드의 레시피예요. 직접 만들어 봐요.", "판화 기법에 대한 책이 좀 있어요. 중요한 책들이니까 보세요……." 주위 사람들에게 그렇게 냉정하고 무관심한 욘나가, 마리 눈에는 매력은 고사하고 문명사회의 일반적 사교성조차 없는 저런 사람의 응석을 어떻게 받아 주는지, 대체 이해할 수 없었다.

어느 날, 욘나의 아틀리에에 혼자 있었을 때, 마리는 감히 미르야의 동판화를 뒤집어 보았다. 특별하지는 않았다.

가을이 깊어졌다. 욘나는 자기 작업은 중단하고, 전혀 필요하지도 않은 선반을 만들기 시작했다. 미르야는 규칙적으로 찾아왔고, 여전히 배고프고 우울했다. 어느 날부터 욘나는 미르야에게 비타민도 주기 시작했다. 탁자 위의 작은 병에 예쁘게 담아서.

"엄청 챙기는구나." 마리가 말했다. "내 병에 담았네."

"아니야, 아니야. 똑같은 병일 뿐이지. 네 비타민은 아침에 줬잖아. 유치하게 그러지 마."

마리는 바로 나가서 문을 아주 조용히 닫았다. 그 후로 마리는 더 이상 커피를 마시러 방문하지 않았다.

우울한 시기였다.

11월의 어느 날 저녁, 마리가 들어오더니 욘나가 아는 한 제일 나쁜 영화를 보고 싶다고 말했다. 사람이 죽는 영화, 숱한 살인이 나오는 것으로. "여기 아주 무서운 게 하나 있어. 아직까지 너한테 보여 줄 엄두를 못 냈지."

"좋아. 시작해."

영화가 끝나자 마리는 숨을 깊이 들이쉬면서 말했다. "고마워. 이제 기분이 좀 낫네. 존슨이 마지막 몇 분을 그렇게 감상적으로 만들다니 뜻밖이네. 전혀 그 사람 스타일이 아니잖아. 집 없는 개라니, 전혀 안 맞잖아."

"당연히 맞지. 존슨은 딱 한 번 자기 본성에 반대되게 행동했는데, 그 대가를 영원히 치르는 거야. 비이성적인 부분이

하나 있는 건 아주 훌륭했어. 만약에 깡패들을 제압해서 도망가게 했다면 그건 너무 단순했겠지."

"제압하지 않을 수는 없잖아." 마리가 말했다. "그 사람은 타고난 리더야. 그는 자만했지만, 그 떼거리로서는 지시를 바랄 수밖에 없었잖아……. 그리고 그다음에는 어떻게 됐지?"

"몰라." 욘나가 말했다. "그건 그냥 B급 영화야. 다 지워버릴까 봐." 그리고 천장의 전등을 켰다. "오늘 저녁에는 책이나 읽을까 해. 얘기할 기분이 아니야."

천장 조명을 밝히면 스튜디오는 이상하게 텅 빈 느낌이 되었다.

"혹시 청소했어?" 마리가 물었다.

"아니. 읽을 게 없어? 너한테 정말로 중요할 거 같은 책들만 남겨 뒀어. 단편 소설, 뭐 이런 것들."

아틀리에는 정말로 텅 비어 있었다. 미르야의 작업복도 더 이상 못에 걸려 있지 않았다.

마리는 책들 중 하나를 펼쳤다. 저녁 시간은 한가롭게 흘러갔고, 아무 데서도 전화 오지 않았다. 눈 치우는 차가 길에서 부르릉거리는 소리만 들렸다.

몇 시간 지나자 욘나가 말했다. "석판화, 다시 시작할까봐. 음, 그냥 발상이지."

"그래." 마리가 말했다. "발상이야."

"그건 그렇고, 내가 얘기했어?" 욘나가 말했다. "내가 젊을 때, 직접 일하려고 학기 중에 미술 학교를 그만둬 버린 얘기를 했었나?"

"했지."

"그런데 말이야, 당시에 그건 사건이었어. 데모였다고!"

"알아." 마리는 책장을 넘겼다. "그때 누구 선생님이 있지 않았어? 너무 지배하려고 들었다는."

"마리, 가끔 너무 속이 보이네."

"그렇게 생각해? 하지만 가끔은 꼭 필요하지 않은 말도 한 번쯤 들을 수 있지. 안 그래?"

그리고 둘은 계속 책을 읽었다.

빅토리아

바다는 어느 쪽으로나 똑같이 아름다웠으므로 방에는 네 개의 창이 있었다. 가을이 가까워지자 남쪽으로 향하는 낯선 새들이 섬을 찾아왔고, 그러다 보면 종종 새들은 숲속 나뭇가지 사이를 날아다니듯이 창을 뚫고 반대쪽 햇빛을 향해 바로 날아가려고 들었다. 죽은 새들은 날개를 활짝 펴고 바닥에 떨어졌다. 욘나와 마리는 바닷바람이 없는 곳으로 죽은 새를 가져가서, 육지 바람이 멀리 밀어 가도록 두었다.

한번은 욘나가 말했다. "알베르트가 배의 현호에 대해서 한 말이 무슨 뜻인지 이제야 알겠어. 새 날개의 곡선과 똑같다고. 빅토리아호를 만들 때 그렇게 말했지."

섬은 갑자기 쌀쌀해졌다. 바람은 늦은 아침까지 점점 강해졌다. 빅토리아호는 곶 안쪽에 닻을 내리고 네 줄에 매여서 파도가 칠 때마다 출렁이고 있었다. 물론 날씨가 험악할 때는 늘 마찬가지이지만, 배는 해가 갈수록 점점 더 힘들어하는 것 같았다.

욘나가 말했다. "5월에 배를 묶는 쇠를 바꿨는데."

"그랬지. 밧줄도 점검했고."

"어쨌건 저녁에는 바람이 좀 잦아든다고 했어."

하지만 바람은 잦아들지 않았다. 아무도 배를 댈 수 없고 아무도 떠날 수 없는 날씨였다. 하지만 얄궂게도 배를 정박시킬 수 있을 만큼만 좋았다. 하지만 빅토리아호를 정박시키기는 불가능했다. 뭍으로 끌어올리기에는 너무 무거웠던 것이다. 한쪽으로는 곶에 들이치며 뱃머리를 때리는 역랑, 다른 한쪽으로는 석호를 가로질러 밀려오는 파도 사이에 낀 빅토리아호는, 잘 건조된 배가 그렇듯이 가벼운 마음으로 춤을 추고 있었다. 하지만 지금은 경탄할 때가 아니었다.

마리는 말했다. "둘 다 이름이 빅토르였어."

"지금 혹시 뭐라고 말했어?"

"우리 둘 다, 아빠 이름이 빅토르라고."

욘나는 귀를 기울이지 않았다. "네가 배를 지킬 차례가 될 때까지, 집에 가서 몸을 좀 녹여." 그리고 욘나는 날씨와 맞서 싸우는 배의 곁에 머무르며, 배를 구하고 보존할 방법을 궁리해 보았다. 방법이 있어야 하고, 어쩌면 아주 간단한 방법일지도 모른다.

날이 어두워지자 둘은 자리를 바꿨다. 마리가 배 쪽으로 내려오고, 욘나는 앉아서 새 구조물을 설계해 보았다. 폭풍이 오면 빅토리아호를 안전한 곳으로 옮기고자 계속 새로운 발상을 짜냈다. 손수레와 장대를 고안해 보았지만, 모두 실현 불가능한 것들이었다. 권양기도 고려해 보았지만 마찬가지. 대빗*을 여럿 세워서 달아 올리는 것도 마찬가지. 욘나는 설계하고 또 하다가 결국 모두 벽난로에 던져 버렸다. 하지만 새롭다고 할 수도 없는 구조물들을 연신 그치지 않고 고안해 냈다.

모르는 사이, 어둠이 깔렸다. 마리는 부서지는 파도의 거품밖에는 거의 아무것도 알아볼 수 없었다. 바다는 동쪽 암초들 위로 폭포처럼 내리치고 쓸어 대며 계속 석호까지 밀려왔다. 서쪽에서는 곶 주위로 밀려드는 파도 소리가 드셌다. 그리고 어딘가, 그 한가운데에 빅토리아호가 있었다.

마리는 좀 머무르다가 오두막으로 돌아왔다.

"어때?" 욘나가 물었다.

"이상한 일이야." 마리가 말했다. "여기 안에서는 폭풍

---

* 배를 지렛대처럼 들어 올리고 내리기 위해 설치하는 기구.

소리가 아주 달라. 이를테면 한 번에 다 같이 흘러가는 거지. 마치 흥얼거리는 노랫소리 같고. 네가 녹음했을 땐, 그냥 끝없이 부서지는 소리만 났잖아……."

욘나가 날카롭게 물었다. "배는 어떻고?"

"잘 있는 거 같아. 잘 보이지는 않지만."

"그 소리에 관해서 무슨 글을 써 볼 수 있겠네." 욘나가 말했다. "네가 무슨 글을 쓰든지 폭풍을 다룰 수는 있잖아? 선미 줄은 확인했어?"

마리가 말했다. "아직 물속에 있었어. 물이 불었지."

둘은 말없이 식탁에 마주 앉아 있었다. 마리는 생각했다. '우리 아빠는 폭풍을 좋아하셨는데……. 바람이 불어오면 즐거워하셨지. 그때면 더 이상 우울해하지 않으셨어. 사각의 돛을 올리고 바다로 나가셨고…….'

욘나가 말했다. "무슨 생각을 하는지 알겠어. 너는 늘 폭풍이 오기를 기다렸지. 그럼 아빠가 기뻐하셨으니까. 이런 폭풍이 오면 '내려가서 배를 좀 봐야겠네!'라고 하지 않으셨어? 하지만 내 말을 믿어. 사실은 파도를 보러 가셨던 거야."

"그건 우리도 알았어." 마리가 말했다. "그래도 아무 말 안 했지."

욘나는 계속 이야기했다. "너희 아버지에게는 배를 끌어 올리는 게 아무 어려운 일도 아니었을 텐데. 장난 같았을 거야. 뭐 좀 먹을까……."

"아니." 마리가 말했다.

"다시 내려가서 보는 건 별 소용이 없겠지?"

"별로. 배야 뭐 그대로 있겠지."

욘나가 물었다. "더 이상 손쓸 수 없다고 우리가 깨달은 게 언제지? 몇 년 전인가?"

"그럴 거야. 시간이 흐르면서 점점 분명해졌지."

"닻을 내린 곳에서, 네가 연신 돌멩이를 들어 올리던 그 때."

"그때쯤이지. 하지만 더 이상 들어 올리고 굴릴 힘이 없었어. 특이한 경험이야. 새로운 아이디어가 떠오른다고. 아주 새로운 아이디어. 지렛대의 힘에 대해서……. 막대를 사용하는 데 관해서. 무게 중심과 떨어지는 각도에 대해서 궁리를 하고 꾀를 쓰는 거……."

"그래, 그래." 욘나가 말했다. "궁리해 보는 거지. 알지, 알아. 하지만 지금 지렛대 이야기는 하지 마. 병에 뭐 마실 거 남아 있어?"

"조금 있을 거야." 마리는 위스키와 술잔 두 개를 가지러 갔다. 웅웅거리는 폭풍 소리가 방을 채웠다. 느낄 수 없는 미세한 진동처럼 끊기지 않으면서 졸리게 하는 소리. 마치 큰 증기선에 타고 있는 것 같았다.

"여행을 많이 하셨지." 욘나가 말했다.

"그래. 장학금을 받으시면 말이야."

욘나가 말했다. "너희 아버지 이야기가 아니야. 우리 아버지 이야기지. 늘 여행 이야기를 하곤 하셨어. 뭐가 지어낸 이야기고 뭐가 실재인지 우리는 알 수가 없었지."

"그럼 더 좋지." 마리가 말했다.

"잠깐만……. 아주 무시무시한 이야기들이었다고. 폭풍 이야기도 있었고. 바다에는 나간 적 없으셨지만."

"그럼 더 기대가 되네." 마리가 말했다.

"말 좀 자르지 마. 아버지는 이야기를 하실 때면 어떻게 끝내야 할지 모르셨고, 그래서 이렇게 마무리하셨어. '그런데 비가 오기 시작해서 다들 집에 갔지.'"

"훌륭하네." 마리가 말했다. "아주 훌륭해. 마무리는 늘 어렵지." 그러고는 치즈와 크래커를 가져왔고 잠시 후 말을 이어 갔다. "아빠는 우리에게 이야기를 안 들려주셨어. 사실 생각해 보면 말씀이 아주 적으셨지."

욘나는 치즈를 자르며 말했다. "우리는 책을 빌리러 도서관에 갔었어. 아빠하고 나 둘만. 그럼 꼭 아빠의 주머니 속에 들어가는 것 같았지."

"알아. 아빠는 버섯이 자라는 곳을 아셨고, 우리를 데려가서 파이프에 불을 붙이고 말씀하셨지. '식구들, 뜯어!' 하지만 혼자 가는 걸 더 좋아하셨어. 그래서 아버지는 버섯 바구니를 전나무 아래에 숨겨 놓고, 밤에 우리를 데리고 가셨지. 손전등을 들고 말이야. 무서우면서도 멋진 경험이었어. 그리고 아빠는 어느 나무인지 잊어버린 척을 하셨지……. 그리고 우리는 함께 베란다에 앉아서 버섯을 손질했어. 바깥은 어두운 밤이었고, 등유 램프가 타고 있었지……."

"너 어느 신문에서 그 이야기를 한 적 있지." 욘나는 말하면서 마지막 잔을 채웠다. "올드 스머글러야. 병을 물에 불려 둬. 라벨을 간직하고 싶어."

"그런데 진짜로 밀수할 용기가 있으셨나?" 마리가 말했다.

"아, 뭐든지 하고도 남으셨지."

"우리 아버지는 사회성이 좋으셨어." 마리가 말했다. "에스토니아에서 보드카가 떠내려와서 다들 건지러 가려 했는데, 금지되었던 거 기억하지? 그때 사람들이 어떻게 했는지 알아? 그 통들을 말도 안 되는 값에 팔았다고! 하지만 아빠는 그렇게 안 하셨지. 나는 어렸지만 아버지를 따라서 바닷가에 술을 찾으러 나갔지. 그건 잊히지 않아. 우리는 술통을 물풀 사이에 숨겼어. 아빠는 모험심이 대단했어."

"틀렸어." 욘나가 말했다. "모험가셨지. 그건 아주 다른 거야."

"너희 아버지 얘기지?"

"물론이지. 난 계속 우리 아빠 이야기를 하고 있는데. 알지? 아빠는 금을 찾고자 땅을 파셨고, 미국 삼나무를 엄청나게 베셨고, 철로를 놓으셨다고……. 알래스카 노움에서 물고기를 돌보셨을 때 받으신, 글씨가 각인된 금시계 봤지?"

"응. 진품 해밀턴 시계지."

"맞아. 진품 해밀턴 시계."

마침 비가 오기 시작했는데, 반가운 일은 아니었다. 폭우는 빅토리아호를 무겁게 하므로, 파도에 따라서 일렁이기 어렵게 할 수도 있었다. 마리는 애써 명랑해 보이려는 듯 말했다. "그런데 비가 오기 시작해서 다들 집에 갔지." 하지만 욘나는 웃지 않았고, 잠시 후 마리가 물었다. "집 생각은 안 나셨대?"

"물론이지. 하지만 집에 돌아오면 다시 먼 곳으로 떠나고 싶어 하셨어."

"우리 아빠도."

비가 점점 심해지더니 이제는 폭우가 되었다.

마리는 계속 이야기했다. "나라로부터 상을 받았을 때 뭘 하셨는지 알아? 그러니까 외투를 사셨어. 새것이고 길고 검었지. 아빠는 별로 안 좋아하셨어. 그걸 입으면 마치 동상이 된 기분이라고 하셨지. 결국 공원에 들고 나가서는 나무에 거셨어."

둘은 빗소리에 귀를 기울였다.

"너무 무거워지겠어." 마리가 말했다. "우리가 나가서 물을 퍼낼 수도 없고."

욘나가 말했다. "뻔한 얘기 좀 하지 마."

둘을 이미 잘 알고 있었다. 비는 계속될 것이고, 배는 너무 무거워지리라. 바다가 뒤에서 덮칠 것이고, 배는 줄에 매인 채 가라앉을 터다. 얼마나 깊이 가라앉을까. 바다 밑바닥의 바위에 부딪히면 산산조각이 날까, 아니면 폭풍이 쳐도 저 아래는 고요할까. 그리고 바닥은 얼마나 깊을까, 몇 미터나……

"아빠를 존경했어?"

"물론이지. 하지만 아버지 역할은 우리 아빠에게 쉽지 않았어."

"우리 아빠에게도." 욘나가 말했다. "신기하지. 사실 우리는 별로 아는 게 없어. 묻지도 않았고, 정말 중요한 일들에 대해서 알아보려고 하지도 않았어. 시간이 없었지. 대체 뭘 하느라고 그렇게 바빴지?"

마리가 말했다. "아마 일하느라 그랬겠지. 그리고 사랑에 빠지느라고. 그건 엄청나게 시간이 드는 일이니까. 그래도 물어볼 수는 있었을 텐데."

"이제 자자." 욘나가 말했다. "배는 괜찮을 거야. 그리고 이젠 어떻게 해 보기에는 너무 늦었어."

아침 녘에 바람이 잦아들었다. 빅토리아호는 갓 목욕을 한 듯 빛나는 모습으로 아무 일 없었다는 양 파도에 출렁이고 있었다.

별들에 관하여

마리의 오빠인 톰과 욘나는 특별히 가깝지 않았다. 둘은 도시에서 지낼 때 거의 만날 일이 없었고, 그나마 섬에서는 자주 만났다. 주로 일 때문이었다. 톰은 목재나 특별한 연장, 또는 고장 난 발전기에 대해서 논의하려고 건너왔다. 그의 섬까지는 3해리밖에 되지 않았다. 그가 다녀가면 대개 기계를 작동시킬 수 있었고, 그래서 마리는 인생의 거의 모든 것들을 고쳐 놓을 수 있으므로 안심했다.

톰이 화살처럼 곧바른 항적을 남기고 집으로 돌아갈 때마다, 마리는 한참 서서 그를 바라보았다. 톰의 섬은 6월이면 바로 해가 지는 곳에 자리했고, 그 후에는 더 남쪽 섬들의 뒤편으로 해가 졌다.

먼 옛날 — 놀랍지만 사실인데 — 톰과 마리는 남태평양
의 통가로 이민할 계획을 세웠었다. 영국 우편이 지극히 친절
하게 최근의 태풍 때문에 이민 희망자들에게 신경을 쓸 수 없
다는 답신을 보내왔을 때, 둘은 실망도 안도도 보이지 않았다.
톰과 마리는 북쪽에서 섬을 찾아냈고, 그곳에서 몇 년을 살았
다. 톰은 자기 전에 별을 볼 수 있도록 오두막 지붕에 창문을
내고 싶어 했지만, 창으로 자꾸 비가 새어 들어서 까다로웠다.
결국 둘은 광고를 보고 천체 망원경을 샀지만, 아쉽게도 구식
모델이어서 맨눈으로 별을 볼 때보다 특별히 크게 보이지는
않았다.

모두 옛날 일이다.

태양은 아주 천천히 톰의 섬보다 남쪽으로 향했다. 이미
8월 말이었다. 작은 배들은 바다에서 사라졌고, 어부들만이
아침저녁으로 검은 연어 깃발을 선미에서 휘날리며 지나다녔
다. 그래도 톰은 재미로 자주 배를 띄웠고, 마리는 아침 일찍
이나 저녁 늦게나 그의 배가 바다로 곧장 나아가는 모습을 보
았다.

"욘나, 들어 봐. 전에 우리는 함께 배를 저었어. 톰하고
나하고. 점점 먼 섬을 찾았고, 아주 작은 암초에도 갔지. 욘나
는 다른 섬에 가 보고 싶을 때 없어?"

"지금도 섬에 있는걸. 다 대충 똑같이 생겼잖아. 그리고

일해야 하는데, 하루를 밖에서 노느라고 허비할 수는 없잖아."

어느 날 아침, 톰은 유리창에 쓸 접합제와 페인트를 가지러 왔다. 그리고 샘물과 우편물을 가져다주었다. 요한네스가 마리에게 보내온 편지도 하나 있었는데, 마리가 그에게서 받은 몇 안 되는 편지 중 하나였다.

"욘나, 요한네스가 오겠대. 요한네스 기억하지? 딱 이틀만 오겠대." 마리가 말했다.

"하지만 우리 오두막은 너무 작잖아. 텐트는 바람에 부서졌고."

"알아, 알아. 하지만 오두막에서 묵겠다는 건 아니야. 무인도에서 지내고 싶고, 침낭에서 자겠대. 그 이야기를 자주 했었는데, 우리는 끝내 해 보지 못했어."

톰은 무슨 말을 하려다가 그만두었다.

욘나가 말했다. "그 사람은 침낭에서 자기엔 너무 나이를 먹지 않았나? 곧 가을이잖아. 언제 오겠대?"

"내일." 톰이 말했다. "시내에서 11시 버스로. 가게에서 전화를 걸었어. 내가 가서 데려올 수 있지."

다들 잠시 생각해 보았다.

"침낭은 있어?" 톰이 물었다.

"분명 있을 거야." 욘나가 대답했다. 욘나는 접합제와 페인트가 들어 있는 깡통을 바구니에 넣고, 톰을 배까지 바래다 주었다. 머물기에 가장 적합한 무인도는 아무래도 배를 대기 쉬운 베스테르보단*이라는 데 합의했다. 일기 예보에서는 날씨가 좋으리라고 했다.

욘나가 말했다. "음식을 좀 챙겨 놓겠어."

"좋아." 톰이 말했다. "내가 기억하기에 그 사람은 세세한 부분까지 생각진 않는 것 같아. 잘 있어."

"잘 지내."

저녁에 마리는 욘나에게 오래전부터 알았지만 지금 다시 중요해진 일에 대해서 이야기했다.

"알지? 요한네스하고 나는 중요한 계획, 아이디어가 여럿 있었어. 그중 하나가 자연을 따라 사는 것이었지. 불필요한 것들을 다 포기하고, 기왕이면 동굴 같은 데 살면서 가장 본질적인 뭔가를 이해하려는 거지. ……네가 무슨 말을 하려는지 알겠는데, 말하지 마. 어쨌든 요한네스는 히피족이 출현하기도 훨씬 전에 그런 생각을 했었다고!"

"그럼 1950년대에?"

"1940년대 말이었을 거야. 하지만 자연을 따라 살 시간이 없었지. 그때 우리는 프랑스 남부에서 버려진 집을 사려고

---

*   핀란드 서해안의 작은 섬.

돈을 모았고, 글을 쓰거나 그림을 그리거나 조용히 작업해야
하는 친구들을 초대할 생각이었어. 하지만 그는 돈이 좀 모일
때마다 파업을 지원하는 데 썼어……. 그리고 무인도에서 사
는 생각을 늘 해 왔지."

"무인도에서 어떻게 살아?" 욘나가 물었다.

"바보 같은 소리 하지 마. 침낭이라고 했잖아."

"그 사람은 진짜로 그렇게 생각한 거야?"

"물론! 당연하지. 하지만 늘 시간이 없었어."

"그리고 이제 시간이 생긴 거야?"

"아니, 그건 아닐 거 같아."

"잘되야 할 텐데." 욘나가 말했다. "어쨌건 샌드위치하고
커피하고 이런저런 통조림을 좀 보낼게. 그 사람이 특별히 좋
아하는 거 있어?"

마리가 바로 대답했다. "삶은 콩. 그리고 분유가 들어간
커피는 안 좋아해."

"잘됐네. 분유는 다 떨어졌어. 지하실에 가서 찾아볼게."

마리는 언덕으로 나갔다.

"알지. 난 요한네스가 뭘 원하는지 알아. 히스를 깔고 누
워서 가을밤 내내 별을 바라보고, 아무 말도 필요 없이 바다
소리를 듣는 거지. 하지만 늘 시간이 없었어……. 날이 흐리
면 안 되는데. 한번은 올란드에 머물며 일주일 내내 텐트에서

함께하자고 약속했었고, 나는 기다리고 기다렸지만 결국 그는 편집 일이 너무 많아서 안 되겠다고 연락해 왔지……. 나는 자전거를 빌려서 밤새도록 탔어. 6월이었으니 밤은 백야였고, 어디나 들장미가 피었었지. 나는 요한네스의 어머니가 사는 마을에 도착했고, 어머니는 말했지. '아, 네, 요한네스의 친구시군요. 들어와서 커피 좀 드세요.' 언제 자전거를 다시 타 봐도 괜찮을 텐데. 수영이나 마찬가지로 안 잊어버린다고 하지……."

마리와 욘나는 일찍 잠에서 깼다. 날은 맑고 꽤 추웠다.

"그럼 버너는 안 가지고 갈 거야?"

"응, 안 가지고 가. 모닥불을 피워야지."

톰은 정확하게 시간을 맞추어 왔다. 배에는 한 사람만 타고 있음을 바로 알아볼 수 있었다. 그는 배에서 뛰어내리더니 뭍에 묶었다. 요한네스는 가게에 전화를 걸어서, 아쉽지만 신문사에 일이 많다고, 유감이라고 했단다.

"음, 별로 중요하지 않아." 마리가 말하고는 오두막으로 올라갔다.

욘나는 한동안 말이 없었다.

톰이 말했다. "전에 네가 오래된 통나무 이야기를 했잖아? 가서 볼까?"

둘은 통나무를 보러 갔다. 일부는 톱질을 해서 장작으로 쓸 작정이었지만, 대부분 톰이 새로 짓는 선창에 쓸 목재였다.

윤나가 말했다. "참 이상하지. 나는 그런 소풍을 전혀 이해할 수 없었어. 마리는 가끔 정말 낭만적이야. 다른 이야기인데, 지금 특별히 하는 일 있어?"

"창에 유리를 끼우는 것뿐이지."

"침낭에서 자 본 지는 오래됐어?"

"흠, 한 20년 됐을 거야."

마리와 톰은 베스테르보단으로 향했고, 윤나는 배가 바위들 뒤로 사라질 때까지 서서 바라보았다. 바람이 잦아들어서 조용했다.

밤에 윤나는 언덕에 나갔고, 별이 빛나는 하늘에는 구름 한 점 없었다.

모든 것이 좋았다.

편지

정확하게 언제부터였는지 말하기는 쉽지 않았지만, 욘나가 달라졌다. 무슨 일이 있었음이 틀림없었다. 큰 변화는 아니었지만, 몸이 안 좋은지 아니면 뭐가 아쉬운지 물어보게 되는 그런 정도의 변화였다. 아니, 알아채기 어려웠고 정확하게 설명할 수도 없었지만 분명 뭔가가 있었다. 화가 난 것도 아니고 우울한 것도 아니고 생각이 많아서 침묵하는 것도 아니었지만, 마리는 욘나가 무슨 생각을 하지만 이야기할 마음은 없음을 알 수 있었다.

둘은 저녁에만 만났다. 마리는 삽화의 스케치를 하고 있었기 때문이다. 큰 주문이어서, 마리는 기쁘면서도 염려가 되었다. 마리가 욘나에게로 건너오면 식사 준비가 되어 있었

고, 둘은 접시 옆에 책을 펼쳐 놓고 식사를 했다. 나중에는 텔
레비전도 켰고 어디로 보아도 편안하고 평소와 같았지만, 욘
나는 어딘가 산만했고 정신이 아주 멀리 떠나 있었다. 마리는
결코 쓰지 않을 접시로 상을 차렸고 냅킨까지 잊었지만, 욘나
는 아무 말도 하지 않았다. 이웃 사람이 피아노 음계를 연습
해도 몰랐다. 조니 캐시가 라디오에 나왔지만 녹음 테이프를
넣지 않았다. 걱정이 되는 상황이었다. 저녁 영화가 끝나도
욘나는 한마디도 하지 않았다. 장 르누아르의 영화를 보고도
말이다. 둘은 서재에 마주 앉았고, 마리는 뭐라도 하려고 탁
자에 쌓인 욘나의 우편물을 뒤적였다. 욘나는 아주 잽싸게 손
을 뻗쳐서 자기 편지들을 스튜디오로 가져갔다.

그제야 마리는 용기를 내서 물었다. "욘나, 무슨 문제 있
어?"

"무슨 뜻이야?" 욘나가 말했다.

"너 좀 이상해."

"아니, 전혀. 일하고 있어. 일 잘하고 있지. 발전이 있어."

"그건 알아. 하지만 나한테 무슨 일로 화난 거 아니지?
누가 너한테 잘못한 거 있어?"

"아니, 아니야. 무슨 말을 하는지 모르겠네." 욘나는 텔
레비전을 켜고, 억지 개그에 청중이 연신 소리 내서 웃어 대
는 무슨 바보 같은 프로그램을 보려고 앉았다.

마리가 물었다. "커피 마실래?"

"아니, 괜찮아."

"아니면 뭐 다른 거라도?"

"아니, 너 마시고 싶으면 마시지 그래."

"난 집에 갈까 해." 마리가 말하고 기다렸지만 욘나는 아무 대꾸도 없었다.

마리는 마실 것을 가지고 왔고, 한참을 생각하고서 최대한 상냥히 욘나에게, 자신에게는 욘나가 너무나 중요해서 혼자는 도저히 살아 나갈 수 없으리라고 말했다.

하지만 그 말은 적절하지 않았다. 아주 틀렸다. 욘나는 펄쩍 일어나서는 텔레비전을 껐고, 이제껏 알 수 없게 아무 말 안 하던 모습이 단번에 사라져 버렸다. 욘나는 외쳤다. "그런 말 하지 마! 지금 나한테 무슨 말을 하는지 넌 몰라! 나를 절망시킨다고! 나 좀 내버려 둬!"

마리는 너무 놀라서 그저 당황스러워할 수밖에 없었다. 둘 다 당황했다. 그러고는 서로에게 아주 친절해졌다.

마리가 말했다. "네가 내일 일찍 일할 생각이 아니라면 설거지는 내일 할까 해."

"그래, 10시 지나서야 시작할 거야."

"전화를 꺼 놓았으니 연락은 안 할게."

"그래. 주스는 챙겼어?" 욘나가 말했다.

"응, 주스 있어. 안녕."

"안녕."

마리는 잠이 안 오리라고 생각했지만, 자신이 불행하다고 깨달을 겨를도 없이 바로 잠들었다. 다음 날 아침에야 울적해졌다. 아주 울적했다. 저주라도 걸린 듯 욘나의 말 한 마디 한 마디를 반복할 수밖에 없었다. 그 말을 어떻게, 어떤 목소리로 했는지, 그리고 얼마나 단호했는지. '어떻게 그런 말을 할 수 있을까? 대체 왜? 왜? 왜? 내가 없었으면 하는구나.'

마리는 다락을 가로질러 욘나의 스튜디오로 달려갔고, 조금의 배려나 허식도 없이 외쳤다. "왜 내가 없었으면 해?"

욘나는 잠시 마리를 바라보더니 "이걸 읽어 봐."라고 하며 편지를 내밀었다.

"안경이 없어." 마리가 마구 화를 내며 말했다. "읽어. 읽어 달라고!"

그래서 욘나가 읽었다. 욘나는 파리에서 일 년간 아틀리에를 쓸 수 있게 되었다. 방값은 분명 아주 쌌고, 어쨌건 엄청난 수준의 영예였다. 대답할 시간은 열흘이었다.

"아이고 세상에." 마리가 말했다. "겨우 그거였어." 그러고는 앉아서 충격을 소화시키려고 노력해 보았다.

"이제 알겠지." 욘나가 말했다. "어떻게 해야 할지 모르겠어. 거절하는 게 최선인지도 모르겠어."

온갖 가능성과 불가능성 들이 마리의 머리를 스쳐 갔다. 거기에서 몰래 같이 사는 것, 그 근처에서 세를 내는 것, 여러 달이 걸리지는 않을 테니 작업이 끝나면 나중에 가는 것. 하지만 마리는 욘나를 바라보았고, 바로 알아챌 수 있었다. 욘나는 정말로 방해받지 않고 작업하고 싶어 한다는 사실을. 일 년 내내. 지금 일이 잘되니까.

"거절하는 게 최선이겠지." 욘나가 다시 말했다.

마리가 말했다. "그러지 마. 내 생각에는 괜찮아질 것 같아."

"그렇게 생각해? 정말로?"

"그래. 넌 이 삽화를 그리려면 혼자만의 시간이 많이 필요해. 이 그림들은 잘되어야 해."

"하지만 삽화들은⋯⋯." 욘나가 아주 혼란스러워하면서 말했다.

"그래, 삽화들 말이야. 잘되어야 하고 시간이 걸릴 테지. 그게 나에게 얼마나 중요한지 넌 아마 몰랐을 거야."

욘나가 외쳤다. "물론 알지!" 그리고 욘나는 삽화의 의미, 꼼꼼한 작업, 집중, 최고의 작품을 창작하기 위해서는 방해받지 않고 일하는 환경이 얼마나 중요한지, 길고 열정적인 연설을 늘어놓았다.

마리는 자세히 듣지 않았다. 담대한 발상이 생겨나고 있었다. 충분한 평화와 기대 속에서 자신만의 고독을 누릴 수 있는 가능성이 아니던가. 사랑이라는 축복을 받았을 때 사람들이 스스로에게 허락할 수 있는 즐거움과도 비슷했다.

옮긴이 안미란   서울대학교 국어교육과를 졸업하고 독일 킬 대학교 언어학과에서 박사 학위를 받았다. 이탈리아 라 사피엔차 로마 대학교에서 강의했으며 현재 주한독일문화원에서 근무하고 있다.

토베 얀손의 『여름의 책』과 『두 손 가벼운 여행』, 헨리크 입센의 『인형의 집』, 로테 하메르와 쇠렌 하메르의 『숨겨진 야수』와 『모든 것에는 대가가 흐른다』, 크누트 함순의 『땅의 혜택』, 글렌 링트베드의 『오래 슬퍼하지 마』를 비롯하여 여러 스칸디나비아권 도서를 우리말로 옮겼다.

페어플레이

1판 1쇄 찍음 2021년 11월 19일
1판 1쇄 펴냄 2021년 11월 26일

지은이 토베 얀손
옮긴이 안미란
발행인 박근섭·박상준
펴낸곳 (주)민음사

출판등록 1966. 5. 19. 제16-490호
주소 서울시 강남구 도산대로 1길 62 (신사동)
강남출판문화센터 5층 (06027)
대표전화 02-515-2000 | 팩시밀리 02-515-2007
홈페이지 www.minumsa.com

한국어판 ⓒ (주)민음사, 2021. Printed in Seoul, Korea
ISBN 978-89-374-1777-1 (03850)